愛你
若只如初見

鄭俊宇——著

Chapter 001
相遇

Chapter 002
熱戀

Chapter 003
退燒

Chapter 004
彌留

Chapter 005
走散

Chapter 006
不捨

Chapter 007 放手

〈台灣版序〉初見

初見，是最漂亮的一幅畫，那時候的我，那時候的你，那時候的那份暖，我一輩子也不會忘記。

如果時間能凝結，我會選擇停留在與你最甜蜜的時候。

《愛你，若只如初見》是這男生的第一本書，成為作家，一直是他的夢想。很感恩，在去年情人節，這本書在香港各大書店上架，同一個夜裡全數售清，這是多麼奇妙的經歷，感謝每一位讀者朋友，讓這男生的夢想得以起跑。

《愛你，若只如初見》是鄺俊宇作品五部曲中的第一部曲，也是我最重要的一部作品，其後的《有一種幸福叫忘記》、《數到三就放手》及《如想見，卻不可以再遇》，以及將會登上大螢幕的電影原著作品《在微時，再遇我們的幸福》，一年半時間，剛好完成了五部曲。然後這男生的文字有機會來到台灣，與台灣的讀者朋友見面，這是更幸福的事情。

在回憶裡我們總有一個人，跟那一個人初見時的笑容，至今仍深刻，只是那個人可能早已消散在時空裡。

遺憾是什麼？是我們必經的一課書，因此，我把收錄在這本書的散文，分成戀愛的七個階段，包括「相遇」、「熱戀」、「退熱」、「彌留」、「走散」、「不捨」、「放手」。

經歷過這從暖到痛的階段，你會再成長一點，雖然這成長要用痛換來，但十數年後，驀然回首，你還是會感激，感激他當天送你的暖。

最重要是感激你，一直陪我跑的讀者們，因為有你，才有鄺俊宇的文字。

答應各位，這本書是我的起步，我會努力繼續用文字，感動更多人，治癒更多有共鳴的心，文字能療傷，但痊癒靠自己。

回憶痛，練習愛。

鄺俊宇

二〇一五年六月二十二日 香港

PS. 謝謝妳，沒有妳，

不會有鄺俊宇的第一本書，

不會有鄺俊宇的第一首歌，

也不會有鄺俊宇第一部電影原著作品。

Chapter 001

相遇

為了自己所愛的人，
所有障礙，都不會有阻礙。

摯友

妳，身邊有沒有一個這樣的他？一個沒有跟他在拍拖、卻像在相戀的人。

與他在一起時，妳的步伐變得輕盈，笑聲更見響亮，在他面前的妳，是最自然的妳，甚至比真正的戀人前，更自然。

戀愛中，最甜蜜的距離，是曖昧。

妳喜歡他，他也喜歡妳，卻沒有走近，然後，費盡自己的心思來送對方甜，但又不敢過火，就像與她的唇只差數釐米，你卻不敢吻下去。

好朋友當久了，就會自動變作戀人？還是，我們只會一直好朋友下去？

「共你親到無可親密後，便知友誼萬歲是盡頭。」

遇上什麼事，第一個總會想到他；見到他，妳就可以連珠炮般找他訴苦，他能靜心讓妳先說完，然後好懂得說些妳想聽的說話。

喜歡他安慰妳嗎？不，妳只是想讓他知道妳有多不開心而已。

也許他從不曾對妳溫柔，或是先取笑妳後再安撫，他表面滿不在乎，但心底卻真的好疼妳。

妳開心，他與妳一樣興奮；妳悲傷，他陪妳一同崩潰；妳有什麼麻煩，他替妳想盡辦法，比正面對問題的妳更緊張。

他從來沒說愛妳，但妳卻在他身上感到愛，或許打從第一天起，愛根本不用說出來，而是當兩顆心對峙時，共鳴自然會出現。

「別似親人那麼懷抱我，也別勉強共老朋友手拖手。」

當男孩和女孩，是一對很要好、很要好的好朋友，中間或多或少也有愛。

只是這份愛，對分了一半，收藏在彼此心底，在某些時候、某些情景，妳和他或許會觸及這心底處，心跳，也因此而怦動。

可是，現實不容妳和他有進一步吧？可能是妳沒有信心，他未準備好，或，彼此另有她或他。

他愛妳，妳也愛他，可是，妳和他，只能當一對相愛而不能愛的摯友。

「已經戀到無可戀慕後，換到同情才罷休。」

有一天，愛情從天而降到妳身上。妳忐忑，於是老規矩，問摯友的意見。

他會取笑妳，笑妳終於有機會嫁得出、有人肯要妳云云。在妳氣得面也紅，動手要打他之際，可曾留意到他曾閃過失落的眼神？

他對妳最大的疼愛，便是把對妳的愛，繼續收藏在心底。

這樣，他才能繼續守在妳旁邊，不然，當妳又失戀時，找誰來擁著哭？

我們不會分手，因為，好朋友，永遠都不會分手。

愛，到這個位置，剛好。

「也許這種愛剛足夠，散步然後吃喝，誰也別多口。」

A n g e l

頗喜歡以顧夏陽的獨白，為《衝上雲霄2》劃上的句號。

「有人說緣分天注定，但是在現實的世界，你以為真的靠天賜良緣，就可以終生美滿嗎？」

活在這個城市，每天與妳擦肩的，豈止過千人？

莫說要和妳建立關係，連簡單聊上一、兩句，也需要點運氣，所以，當我們遇上緣分時，別以為已抓緊了幸福的繩子，因為有時候，緣分只像剛釣到魚的魚竿，不及時收回，幸福會悄悄溜走。

遇上緣分，還需要守護，才能得到幸福。

「愛上了，看見你，如何不懂謙卑，去講心中理想，不會俗氣，猶如看得見晨曦，才能歡天喜地。」

雖然陳法拉的演技備受批評，但我覺得，由她演繹的Holiday，的確與吳鎮宇飾演的唐亦琛，產生了化學作用。

磨合，一直是情侶間的課題之一，成熟穩重的Sam與敢愛敢恨的Holiday，性格南轅北轍，因緣分而成為情侶，可是要抓緊幸福，總需要經歷波折。

他們曾因工作關係而吵架，男生覺得要在工作保持距離，女孩嫌男生太嚴肅認真，然後，又吵架了。

同一件事，兩個人所看的角度未必一樣，只是，如果妳真的愛對方，妳會願意做出調節，以遷就對方的感受，妳未必會覺得委屈，因為，如果對方也同樣愛著妳，他也會努力去調節。然後，兩個多不相襯的人，總會找到一個雙方都舒服的落腳點。

何謂磨合，是妳願意退一步，他也願意退一步。如果真的愛對方，根本不介意這一步，在意的是，當我願意為你退一步時，你是否也願意為我而退一步？

愛情，像沖泡一杯奶茶，奶和糖的比例相當重要，妳和他相遇，代表擁有一只奶茶杯；彼此的經歷，像最基本的茶底；糖、奶不能靠一個人，而是妳手持糖、他手持奶，靠雙方努力控制比例，才能喝到一杯好奶茶。

Sam和Holiday最終有甜蜜的發展，但這不是隨劇的結局便告終，他們需要克服的事情還多，包括相處，我指，一輩子的相處。

「天氣不似預期，但要走，總要飛，道別不可再等你，不管有沒有機。」

另一段令我驚喜的，是Roy與Head姊的姊弟戀。欣賞江美儀的演技，也欣賞她回應「重口味」時的金句：「你四十歲後照照鏡，看看有沒有我漂亮，再來說！」

這就是霸氣吧？

為了克服姊弟戀的距離，Roy染了一頭白髮，向Head姐求婚。這種不理世俗眼光的追求，不了解的人或許會笑，但，真正的幸福，哪需管旁人的目光？

我不能改變自己的年齡，但可以改變的，是我可以為妳改變的一切。

為了自己所愛的人，所有障礙，都不會有阻礙。

只是看你的決心有多大。如果你真的愛她，又豈會因身分證上的數字所阻隔？人家會議論嗎？給他們一年、兩年，還是三年？

你和她的戀情夠堅定，總有一天，嘲笑你們的人也會累。

「給我體貼入微，但你手，如明日便要遠離，願你可以，留下共我曾愉快的憶記。」

「不過，我一直想不通一個問題，就是世界上到底先有Triangel（緣分天使），還是先有Guardian Angel（守護天使）？你是因為守護一個人，所以和他結緣，還是因為你和他有緣，才注定守護對方一生一世？」顧夏陽最後留下了這個問題。

緣分重要，但守護更重要，相遇是命中注定，但守護需苦心經營。

無論是Sam與Holiday、Roy與Head姊，還是，妳和他。

要守護所愛的人，需要無比的堅持與付出，正如顧夏陽所說：「沒有把考驗當成傷痕，懂得forgot與forgive，這樣你已掌握如何守護一個人。」

如果這句只出自Cool魔，固然沒什麼說服力，但出自張智霖，大家都會心微笑。

要成為對方的守護天使，不能只靠甜蜜去維持，還要有苦澀去中和，與她捱過風吹，和雨打，這樣，才能享受雨後的陽光與彩虹。

守護一個人，難；守護一輩子，更難。

妳，遇上了自己的Angel了沒有？或，你決定守護她的一輩子沒有？

上聯是「天空海闊我共你」，下聯是「再領略人生的美」，那才可以「雲外看，新生趣」。

「當世事再沒完美，可遠在歲月如歌中找你。」

PS. 橫跨十年，兩部劇的結局都算深刻，如果真的有《衝上雲霄 3》，我希望，還是吳鎮宇 :)

緣不了

不理《師父・明白了》[1]的續集是否叫《徒兒・暗黑了》，但無疑，昨夜，一箭與歡喜演繹了好感動的結局。

歡喜的手愈來愈冰冷，人也愈來愈虛弱，一箭背她回家，她將陪了自己十八年的蝴蝶飾物送給一箭。「送給你，我派它以後陪著你。」男孩有點痛，察覺女孩應該快離開了。「是妳和它一起陪著我。」

「那我呢？」女孩張開手，男孩問，「什麼？」

「人家送了東西給妳，」女孩撒嬌，「那你爭我的那個甜，什麼時候才給我？」

有人生八苦，就有人生八甜，男孩曾答應女孩，送她八個甜。

女孩說男孩只欠她「一個甜」，因為有兩個甜，男孩早已給了她，但男孩刻意欠女孩，「那兩個不算，總之我還差妳三個。」

「一個就夠了，」女孩氣若游絲，「你什麼時候才肯送給我？」

「晚一點，」男孩的心好痛，「等我對你說了很多很多個早安之後。」

「不要讓我等太久，」女孩愈來愈虛弱，「不如明天一睡醒，你就送給我？」

男孩無語，可惜，女孩閉上眼後，眼睛便沒有再張開過。

如果，妳問男孩欠妳一個甜，什麼時候會還，愛妳的他會答：「晚一點。」

因為，我想欠妳一輩子。

「如何回到當時，猶如情侶熱戀的那時。」

沒有緣，妳怎會遇上他？

說不定，他上一輩欠妳一個甜，或，妳上輩子令他吃了一個苦，你們，才會於今輩子相遇，然後，待續上一輩子的故事。

這輩子，教妳愛得好深好深的那個他，上輩子，一定欠妳很多很多個甜。

如果，你們最終是相愛，而不能愛，或許，是約定的時間還未到吧？

歡喜曾說一句：「只要你好想好想、好信好信，一切都會變成有可能。」

妳會好想好想、好信好信，能與他再一起嗎？

「記憶可以，幻作一對蝴蝶飛舞在時光深處。」

歡喜離開，肥野流下一滴淚。「緣聚而生，緣散而滅。」

「人之所以痛苦，並不是因為世事無常，」肥野感慨，「而是因為錯以為事物可以永恆。」

沒有事物可以永恆，就像每件事都會被標上一個「賞味期限」。妳不開封，以為可以永久留住某段感覺，但，限期總會過，當期限屆滿後，妳才珍惜便太遲。

在味道還可以嘗的時候，請珍惜，就算味道總會消失，但，嘗過，總好過錯過。

「荼薇紅過都變枯枝，血肉之軀會沒法保持。」

一箭背著已離開了的歡喜。天，下起雪；男孩，落下淚。

在墳前，男孩手執女孩送他的蝴蝶飾物，原來，早在十八年前，他們就已遇上，今天，物歸原主，但，緣未了。他約定了女孩，約定了，下世共我更傳奇。

如果可以選擇，妳會想是先離開的，還是留下的那個人？

離開了的人看似苦，但苦，苦不過留下而承受所有苦的人。

就在這一刻，抓緊，那在抓緊妳手的他，只要，這一秒，我們在一起，那麼，誰也不能分開這一秒的我和你。

到底，上一輩子，是我欠了妳，還是妳欠了我？不想了，最重要是當下這一刻，有他在妳身邊，看著同樣的風景，感受彼此掌心的暖，那麼這一刻，就是永恆。

但如果，應該在妳身邊的人，不在了，不用怕，約定的時間還未到，我深信，你們，總要在某一輩子，還對方一個甜。

完了，緣不了。

「蝴蝶苦戀花那魂魄也願意。」

*1　香港電視廣播有限公司古裝電視劇，由黃浩然、黃翠如及麥長青領銜主演，監製陳耀全。該劇為二〇一〇無線節目巡禮電視劇之一。

善柔

《尋秦記》裡，古天樂飾演的項少龍，令人難忘，但最觸動我的角色，卻是滕麗名飾演的善柔。

越過時空來到戰國時代的項少龍，第一個遇上的人，就是善柔。其後全靠她，項少龍才能一次又一次保住性命。當殺手的善柔，表面有著與名字相反的剛陽之氣，但我覺得，堅強，只是她的表面，最深層的她，是一個好脆弱的人，和，一個願意為愛情犧牲的小女子。

妳，可有著善柔的影子？

「明明就不習慣牽手，為何卻主動把手勾。」

少龍懇求善柔帶他到咸陽，承諾幹什麼也可以，她說：「我想要天上的彩虹。」結果，項少龍用水晶折射彩虹到她手，那刻，善柔有著孩子氣的驚喜。少龍把水晶送給她，她珍而重之。

到《尋秦記》的尾聲，少龍在湖邊，左一個琴清，右一個烏廷芳，幸福美滿的嚷着「I Love You」之際，突然有一道彩虹出現在他們的手上，正是坐在遠處的善柔。

少龍與善柔悄悄話。「妳是否很羨慕呢？」她輕鬆問：「老實說，兩女共事一夫的感覺如何？」項少龍笑著答不錯，她再問，「有沒有考慮過三女共事一夫？」少龍笑，「考慮下，考慮下。」善柔輕輕地依在少龍肩膀上，那瞬間，她是徹底放下外表的剛強，展露了心底最深處的溫柔。

這時，倒是少龍有點慌，「妳是說真的？」善柔有點痛，但瞬間戴上剛強的面具，抬起頭。「你當我是傻瓜嗎？你肯，我也不願意呢！」

「幸好妳說笑，嚇死我了。」少龍拍拍心口，舒了一口氣。

一句「說笑」，你可知道是我唯一的下台階？

能夠忍著不把「愛你」說出口，便可以繼續好朋友。但一旦將心聲洩漏，我和妳之間的關係，便會像觸碰牆壁的氣泡，瞬間被戳破。

寧願讓氣泡飄浮在空氣中久一點，也不願親手，刺破這個若即若離的親密。

「你的心事太多，我不會戳破。」

無疑，善柔是喜歡項少龍，但最終，她還是選擇退出，除了不想破壞彼此的關係外，我覺得，她演繹了「愛一個人，不一定要占有他」的意境。

有時候，我們都遇上喜歡的人，然後，我們會自然的想跟他在一起，可是，因時間和環境的局限，就算他就站在妳面前，妳也不會抓緊他不放，妳沒有去爭取，不代表妳對他的愛不夠，而是，妳不想自己成為他其中一個壓力。或許，我們已經錯過了，最應該在一起的時刻。

「明明就他比較溫柔，也許他能給你更多。」

錯過了時間，不是妳和他想見到的事，但，錯過了，便是錯過了。風過卻無痕。

善柔寧願將所有的痛，一個人來承擔，也不願跟男孩親口承認自己的愛，保持著朋友的關係，然後讓繁忙的工作，把自己逼得沒有一刻的空閒來想起你。

一個外表剛強的女孩，透露過一次的柔弱，便很難再有下一次。

應該說，女孩不會再讓自己，如此的痛愛著一個人。

畢竟，要打開一個強如男孩子的女孩心扉，是一件不容易的事，而她，也會學懂如何在以後的日子，好好保護自己外強內柔的心靈。

繼續好朋友，總好過沒自尊的等你愛。

妳，曾經也是善柔嗎？

「不用抉擇，我會自動變朋友。」

愛很簡單？

忽然留意到，電視要播《單身男女》。

這部電影，曾掀起女孩子的熱烈討論，「古天樂好，還是吳彥祖好？」試想，當古天樂與吳彥祖對妳展開猛烈追求，由貼memo紙、煮愛心飯、變魔術、用布偶唱「我願意」、天台橫額示愛，甚至以整棟大廈的設計做為禮物，雖近乎科幻電影的劇情，但最能觸動女孩子的，是如何的選擇，才沒有遺憾。

記得兩年前，我走出戲院時，腦中回響著，是張申然（古天樂飾）的一句話：

「是緣分未到，還是我們不夠愛對方？」

張申然與程子欣（高圓圓飾），是一段「不斷錯失又錯失」的戀情，申然可以因為「酒店優惠＋任食生蠔＋混血兒美女」而放棄跟子欣的約會，儘管後來他對子欣展開猛烈追求，但是，他最愛的並不是子欣，而是他自己。

子欣從頭到尾都喜歡申然，就算明知方啟宏（吳彥祖飾）在等著她，但她在受了一次又一次的傷害後，還是不忍心放手，愛著這個全世界都叫她不要愛下去的人。

妳，曾經是程子欣嗎？

「我真的很喜歡他，愛這個人好辛苦。」子欣說出了刺痛不少人的對白，其實世上每件事都有一個期限，包括對一個人的愛。當我們愛得傷痕累累後，總要有退出的一天，而你不能像張申然般自私，以為這份愛一直都會為他而存在。

「我可以等，等妳開始喜歡我。」是啟宏對子欣說的一句話，也是不少「在守候」的人心底的一句話。

守候，是一件不容易的事，因為我們不知要守候到何年何月才有曙光，但當妳知道有人在為妳而守候時，感覺會幸福，但妳的幸福感，其實是建立在那個人的苦澀感上，而妳，未必會察覺得到。

愛與被愛，從來都是一個艱難的抉擇，我們總會在「應該找一個我愛他多些，還是他愛我多些」的路口在打轉，但我覺得，當有天你遇上「愛他多些」的人，你會付出同等分量的痛，愛和痛，從來是不能分開的。

兩人之間愛的比例，從來不會是50：50。

總有一方，會有不夠被愛的感覺。

妳會選擇，痛著的愛那個他，還是不忍心那個愛妳的人痛，是妳要從遺憾中才能領悟的智慧。

「忘了是怎麼開始，也許就是對你，有一種感覺。」

其實，愛一點也不簡單，我們都在練習，在痛之中練習愛。

如果有一天，你重看《單身男女》，而沒有再觸痛那已癒合的傷口，那時候，你才會放下曾經對那個人的遺憾、才會原諒自己曾像張申然般的自私、才會懂愛真的很簡單。

「就算多一秒，停留在你懷裡，什麼都願意，什麼都願意，為你。」

^ ^

收到一封好輕鬆的來信，女孩用了大量的表情符號，描述她放下舊愛的歷程。

去年底，她與在一起七年的男孩分開，原因是男孩心底裡始終有另一個她，那個她，是女孩的朋友，女孩知道，但一直逃避。（女孩在這裡加上^^的符號）

然後，跟他分開。七年的時光，分開了沒哭，騙誰？

女孩足足哭了一整天，是一整天，即二十四小時不停地哭，哭著痛、哭著吃飯和哭著看電視。（打到這裡時，對不起，我笑不停）然後，隔天睡醒後，女孩便不再哭了。

因為女孩覺得，傷心，一天就夠了，於是，她的眼淚，乖乖收工。

女孩還記得，男孩在分開前說：「我們分手吧，妳做不到我想要的女朋友。」

她沒有挽留，也沒有搶白他。「怎麼不是你做不到我想要的男朋友呢？」

女孩沒有說什麼，因為這時候說的話，全是假的，如果跟他說：「再見亦是朋友。」傻的嗎？愛過，怎能再做朋友？

分開前，女孩曾以為沒有他，她會死，可是，分開後，她仍在呼吸，胃口也不錯，或許是化悲傷為食量吧？（讀者按：「我才沒有呢！」）

就像完成了冒險遊戲，女孩竟進行賽後檢討，「啊，而我有什麼做得不好呢？」

因為沒有其他組員，她唯有回應自己：「是妳太chur呢？」

「chur？不是吧？哪有？」

「有，那一次和那一次，妳不是把他逼瘋了嗎？」

交戰十數回，女孩停了下來。這不是辦法，再這樣對話下去，我會精神分裂。為他而瘋？不值得吧！

然後，她用邪留丸[2]的語氣下結論：「啊，不要再折磨自己了。（這裡她又加了^^）」

於是，她真的坐言起行，從前拍拖時沒時間關心的事，她逐一重拾，沒有刻意去想如何放手，但，卻無意間在放手。

而世上最有趣的是，妳愈不在意，愈容易有意想不到的事。

兩個月後，女孩所養的貓，忽然離家出走（或許是受不了主人，近兩個月從零度的冷待，忽然升上一百度的溺愛，天啊，妳可以愛我愛得平衡點嗎？喵！），女孩一臉素顏、一身家居服的衝到街上找貓。

「豈有此理，等我找到你的話……」女孩邊找貓邊咕嚕，這時候，忽然遇上了他。

他是誰？他是和女孩同間小學、同間中學、同間屋苑的「巧合男」，他見到正狼狽尋貓的女孩，問：「什麼事？」

「嗚，」女孩立即從剛才的猙獰，變成眼前的楚楚可憐。「我不見了我親愛的貓咪BB。」

男孩見狀，「我跟妳一起找吧！」

結果，他們一起逐樓找貓，這個溫馨的過程，也漸變成他們稍後走在一起的伏筆。

一個月後，她和他，幸福地走在一起。不知不覺，相處了一年，兩人都非常開心。（作者：但，那男孩不是受害者嗎？需要議員協助嗎？……）

故事來到這裡，也接近尾聲，你奇怪，「那隻貓呢？」

原來，那隻貓當天只是躲在洗衣機裡，因為那天家中來了一位水電工來通水管，牠太害怕，所以胡亂找個地方躲，但也因牠的失蹤，促成這宗受騙……不，是促成這段姻緣。

願劇中的女孩，和巧合男一直幸福下去吧 :)

*2 《反斗小王子》，台灣舊譯為《丸少爺》，是NHK教育頻道於一九九八年開始播放的電視動畫，是個圍繞在一名年僅五 小孩邪留丸的故事。

青澀

一位女孩，和男孩相識在高中，一起讀書，一起補習，兩個人，根本是對方成長中的一部分。

每個學生，都總會經歷中學會考的折磨。幸好女孩身旁有他，兩個人，一起為會考而奮鬥，就這樣捱過了天昏地暗的日子。

在等待放榜的空檔，女孩和男孩四處遊歷。對女孩來說，最深刻的，是那次與男孩觀看音樂會，音樂太吵了，聽不到對方說什麼，可是，在音樂最響亮的時刻，男孩用口形對女孩說：

「我喜歡妳。」

女孩以為自己聽錯了，男孩再說一次，聽得清楚了，女孩的臉也更紅了。

因為太吵了，我不能回應你，我也猜不到會有人在如此吵的情況下向人表白，但，這句近乎沒說出聲的「我喜歡你」，我好喜歡。

可是這個表白，並沒有讓兩人走太近。

「就讓劇情來預告，地設與天造，他配合你，誰亦看好。」

然後，時針的速度好快，轉眼便來到了放榜的日子。

女孩的成績還可以，但男孩的成績，不足以升讀本地的大學，拿著成績單的他，有點失落。

女孩在旁安慰他。數天後，男孩跟女孩說：「我，」男孩有點難開口，「我計畫暑假過後，便會飛台灣讀書。」

女孩聽後，呆了一會兒，男孩續說：「家人安排了，我八月就走。」

「那很好呀，恭喜你。」

我有點不捨得你，但，不捨得你，也得捨你。

「就像突然明白到，就算傾慕，退出了沉默更好，太想走近，竟使我放慢腳步，人愈近傷心更早。」

那年，炎熱的夏天，在男孩飛台灣前，兩人參加了由教會舉辦的旅行，三日兩夜，可是，女孩因事只能到兩日一夜，但，她非常珍惜。

最記得，是往營舍的那段路，途中布滿女孩最害怕的青蛙、昆蟲等，男孩體貼的陪著女孩走這段路，除了用說話引開女孩的視線，還有，主動的牽起女孩的手。

女孩的心跳在加速，不是因為青蛙，而是因為他掌心，好暖。

兩日一夜，好難忘，時間很快就過去，女孩要先離開，男孩不捨地送她到碼頭。

兩人在碼頭上默然對望，空氣有點靜止了。

然後，男孩先開腔：「我能想像，當妳送我機的時候，妳會有多難受。」

女孩笑，先是男孩在碼頭送她離開，再到女孩在機場與他告別。

「我又不是死了，過兩天我們又可以見面了。」女孩還未說完，男孩已經緊緊地擁她入懷，女孩手上的袋子跌在地上，空出來的雙手，正好用來回抱他。

「准我用情歌，如泣如訴，未說的話，留在萬呎天空，我太驕傲，情願用笑聲，代愁雲密布。」

我，好不捨得你。

但女孩忍住不哭，她不想讓眼淚的悲傷，破壞這段與男孩溫暖的畫面。

女孩先輕輕推開。「好了，我要走了。」

她看到男孩也在勉力忍住眼淚，眼紅紅的微笑。「嗯。」

女孩踏上船，沒有回頭，因為，她已經哭得滿面是淚。

甚至後來，女孩也沒去送男孩上機，她，受不了與男孩第二次告別。就這樣，一段似是而非的戀愛，就這樣淡淡的畫上句號。

對不起，就這樣，讓我們停在最暖的位置，然後，讓對方住在自己心裡一輩子，不就很好了嗎？

多謝你，陪伴我成長的你。

我永遠記得，我青澀的時光是如何度過的。

「踏上出路，來讓暫借的，還回誰共抱，轉身必須比眼淚更早，可惜你未知道。」

連線

二〇一二年，在公司一年一度的博覽會，女孩第一次遇見他。

如果說，我們每個人，都是一個生活在世界上的點，那麼，讓彼此原本不接觸的點連線，就是緣分吧。

如果不是上司要求女孩帶領客人，到他負責的區域；如果不是他正在那區域接待人客；又如果，那天，其中一個沒有來到這場地。

那麼，女孩和他，應該碰不上吧？

「請慢慢觀看，這裡都是些教育機構的資料。」女孩友善地與客人介紹，男孩善意的跟她接頭，她也友善的回微笑。

就這樣，點與點，連上了。

後來上班、午飯、下班，女孩都會碰見他，真奇怪，從前或許遇上，但視線根本不會多停留一秒，但，當線一連起來，女孩便開始留意他了。

名字還未知道，但，感覺已帶點親切了。

於是，女孩打聽他的名字，期待認識這男孩。

不知道，他有沒有也這樣做呢？

「這秒針，轉個彎，繁華極短暫，新愛或舊愛，沒盛載，最後也失散。」

分針不斷轉動，很快，又來到了二〇一三年的博覽會。

今年，輪到女孩負責統籌，她有點頑皮，於是編了個爛藉口，戰戰兢兢的用公司內線，撥了個電話給男孩。

「喂？」她認出男孩的聲音，她說，「你好，我是另一個部門的同事。」

「我知道，」男孩笑，「我認得出。」

其實，我跟你，是不是早已認識呢？怎麼感覺會是如此親切？

接著怎樣了？當然是交換手機WhatsApp呢，難道問完公務便乖乖掛線？

有時候，幸福真的要自己爭取的。

「你叫喚時間終止，永遠沒法預知哪日得你重視。」

交換電話時，女孩失笑。「怎麼問你的電話號碼，你像重複一次我的電話號碼？」

「哪有呢，這可真是我的電話號碼呢。」男孩不解。

原來，女孩和男孩的電話，只差一個號碼。

女孩知道時，感到好高興，難道，這就是人家所說的命中注定？

兩人持續了一整天的WhatsApp，差不多每秒都在線，為的，是希望收到訊息後，便盡快回覆對方，有公務，也有甜蜜的玩笑。

直到下班，男孩自然地問女孩：「妳住在哪區？」

女孩說完，男孩回應：「我也是呢。」那女孩問：「你住在哪個屋苑？」

男孩回話，女孩笑：「我也是呢。」

兩人異口同聲：「真巧呢！」

兩人初相識，愈多「真巧呢！」，代表妳愈能在他身上找到自己，也代表，妳會愈容易喜歡他。

女孩，應該喜歡了他吧？

男孩跟朋友說，遇上在同一公司、同一屋苑、近乎一樣的電話號碼，可能性比在另一個銀河，找到另一個地球一樣難。

「仰首太空，再看清一片藍圖星宿，怎麼那北斗永亮透。」

這，應該有一個不錯的開始吧？

不，故事的男女主角，並沒有如劇本般走近。

男孩曾經說，會邀請女孩到草地吃午餐；男孩曾經說，會邀約女孩一同去跑步；男孩曾經說，會珍惜女孩一輩子。

可是，這些承諾，都沒有兌現，就像，認識對方的新鮮感減退後，男孩便沒有再向前踏一步。

女孩的主動，已經是極限了，如果我再進取點，我怕，你會討厭我。

日子一天天的過去，女孩跟他，都越愈走愈遠了，兩個人，明明曾經有觸動的火花，但，卻不足以燃點起愛情的藥引。

不論邂逅有多溫馨，但愛情的啟承轉合，缺一不可，萬一錯過了扶上軌道的機會，那麼，緣分也一瞬即逝。

秒針不斷轉動，很快，又開始籌備二〇一四年的博覽會。

你，好嗎？

「有時我在記憶空間找到你，分秒在一起，不會問生死，最終會不分我或你。」

PS. 周國賢〈有時〉。
http://www.youtube.com/watch?v=130lVuXvkBk

CHAPTER2

熱戀

如果沒有，你的呵護，
什麼結局也只是種錯誤。

譚仔吃多辣？

喜歡吃譚仔[3]的人，都有一個屬於自己的組合。

我的組合是「雞肉中辣多湯多麻」，再複雜點，可以是「雞肉墨丸小辣走九牙多湯多麻米爽」，再來一客土匪雞翼。相傳從前湖南有土匪打家劫舍，連每家的香料也不放過，集百家的香料，用來烹調雞翼，土匪雞翼因而得名。外加一杯凍檸蜜小冰，如此麻煩又滿足的組合，辛苦點餐的姊姊。

我好喜歡吃辣，但其實辣不是味覺，而是痛覺。所以喜歡吃辣的人，應該有點自虐的傾向，愈辣，愈有胃口，但要小心，據聞曾有人吃太辣而送醫。

如果你不嗜辣，但男／女朋友卻無辣不歡，你會為他忍著痛而嘗辣嗎？

記得電影《生日快樂》裡的古天樂，陪嗜辣的劉若英吃麻辣火鍋，他明明受不了辣，故準備了一杯水，然後替每件食物過冷河，再放進口，仍然好辣，但他為了和女孩一同吃飯，這點犧牲，他願意。

口味每人不同，但原來我們的口味，會隨身邊的那個他或她所影響，明明不愛喝咖啡，但會因那個他而懂得點咖啡；本來不擅吃辣，卻受那個他影響而愈吃愈辣。

原來，口味也會傳染。

愛一個人，會不自覺愛上他或她的口味。

直到有一天，他不在你身邊了，但你的口味，會跟他的回憶混雜，成為了你的習慣而不自知。

生活中的小幸福，莫過於找到一個人，能和你承受同等程度的辣，結伴吃一大碗的同辣度的米線套餐。

或者，為了她，你不吃那麼辣。

戀愛也像這回事，你退讓一點，她遷就一點，才能找到雙方的平衡點，才能點一客共同品嘗的米線套餐。

「約會像是，為分享到飽肚滋味。」

吃譚仔，不貴，但貴在曾有那個不嫌棄的她，和你吃得津津有味，一張紙巾兩份分，滿足了味蕾，也分享了飽肚滋味。

味道，是最簡單的幸福，肚子滿足了，難題也不想提起。

「點餐沒？」

「套餐小辣走九牙，凍檸蜜小冰，謝謝。」

*3　譚仔雲南米線，俗稱譚仔，係香港米線舖，專賣雲南麻辣米線。

糖分

熱戀時，糖分上腦，星期一至日，朝六晚十二，都想見到對方，只要他在旁，彷彿什麼也變得不重要。

才剛掛線，電話又響，妳接聽，對方第一句：「好想妳呀！」最要命的，不是妳要吐，而是妳會甜甜的回話：「我也是呀！」旁邊如果有人，大概都凍死了。

終於見到他的身影。不見多久了？嘩，足足十二個小時零二十分鐘呢，難怪像相隔了一個世紀！他加快腳步，來到身邊擁妳入懷，兩個人，形成了一個甜甜圈。

不用練習，妳和他會自然地懂得牽對方的手，小手拉大手，就這樣逛在大街小巷，他的掌心溫度剛好，足夠讓妳暖，也讓妳甜。

「我最怕你問我，友好見面的經過，我最怕你講我，太多發問會太嚕嗦，密集地短訊，可有過火？每事關心不懶惰、麻煩或愛到太盡，必須要分清楚。」

一起了的最初，憶起也會笑。那時候的秒針，像偷偷地調快了，你好想帶她周圍去，她好想陪你通處走，每刻可花的時間，都花在對方身上，這星期去看海，下星期去觀星，總之，每分每刻，都好忙，忙在想念你。

「我們認識才不久，怎麼會這麼親切呢？」女孩問。

「不知道，我只覺得太遲遇上妳，」男孩答，然後忽然說，「可以買個衣架嗎？」

女孩不明白。「買衣架幹嗎？」

「用來，掛住妳。」

看，熱戀時，每句對白都甜，甜得頭腦都麻痺了。

不知為什麼，你說的甜言，都很深刻，深刻到，失去你以後仍會記得。

「那天我共你，勾手指尾，答應過會更愛你，抱緊你就有好天氣，洞悉兩心一意，才磨合完美，愛是了不起。」

第一個旅行，簡直就像度蜜月，可以non-stop的相對數十小時，卻一點摩擦也沒有，好神奇。

甜蜜，可以將一切的負面都蓋過，你不會察覺對方的問題，因為糖分，讓妳的視線變得朦朧，同樣，他也會包容妳所有的不足。

妳說，如果這糖分能一直維持下去，多好？

「要相處就要識得謙卑，我也會多花心機，去剖析雙方心理，甜蜜談道理。」

糖分，會讓妳突然有預知能力，妳能預知和他的將來。妳會深信，妳和他，一定會幸福，這個他，跟從前的他都不同的；妳也深信，他是最特別的一個，這次，我終於遇上對的人。

「我想跟他結婚。」女孩說的時候，嘴角也甜，通常這樣甜的說婚姻，是拍拖未超過三個月的時候。

三個月，九十天，我們的蜜月期，都像差不多的時間。

糖分，總會退去，但甜蜜能否繼續維持，則要看兩人的努力。

你，有像蜜月期時疼惜她嗎？

妳，有像熱戀期時關心他嗎？

你不是說過，要跟他／她創造幸福的將來嗎？怎麼熱情退卻、新鮮感消失，便忘了怎樣去疼他／她？

什麼時候開始，你會覺得她的關心是嚕囌？

什麼時候開始，妳會覺得他的疼惜是煩擾？

你和她，可是曾經勾過手指尾，答應過更愛對方，這個承諾，怎麼都不見了？

退溫了的戀人們，只要妳／你願意，你們可以隨時再熱戀的。

你們的愛，怎會輸給那個討厭的沙漏？

閉上眼，想一想，你最初跟她的相遇、跟他的牽手、跟她的甜蜜、跟他的熱戀，這些畫面，都是得來不易的。

如果可以，讓我們回到最初吧！

那就好了。

「珍惜你，欣賞你，世界驟變都抱住你。」

PS. 好喜歡，真的好喜歡鍾一憲和麥貝夷的〈勾手指尾〉，每次聽，都會想起兩年前。

寵

掛念《新紮師妹》的方麗娟，也喜歡為她無條件付出的歐海文。

擔任警方臥底的方麗娟，因執行任務而認識歐海文。經過喜劇式的混亂後，男孩坐在女孩安排的測謊椅上，女孩問：「你是不是要追我？」

「不是。」男孩撒謊，但遭撒謊系統識穿。女孩說：「說謊！」

「我對妳是有好感，想先從朋友做起，更深入的認識妳。」

「滿足了你的好奇心，玩夠了，你就走啦？」女孩再問。

「不，」男孩好認真，「我真的想找對象，認認真真地和她在一起。」

當女孩猶豫之際，有人搶過對講機。「真的！是真的！他真的想跟妳結婚呢！」

尋找幸福的過程，總希望認清對方心底的想法，可惜，我們都沒有測謊機，沒有方法得悉眼前的他，是否表裡如一，是否打從心底的愛著妳。

但，要知道對方有多愛妳，不能靠機器，而是靠感受。

要驅除不信任的感覺，首先，要學懂如何信任一個人。

「我也不是大無畏，我也不是不怕死。」

當相處漸久，戀人間便會出現如心靈感應的默契。

有些話，不用開口，妳都能憑他微妙的動作、細膩的表情，得悉他想表達的事情，在他想說之前，妳已經猜到他想說什麼，然後笑著說：「我早猜到啦！」

這並不是什麼不可思議的事，只是妳願意把他的一顰一笑，都用心記住，一些可能連他自己也不知道的習慣，妳都能如數家珍的描述出來。

他喜歡用什麼調味料，他喜歡坐巴士的哪個位置，他喜歡看哪種類型的電影，每一個「他喜歡」，喜歡他的妳，一定會知道，因為，妳喜歡記著他喜歡的事情。

「旁人從不贊同，而情理也不容，仍全情投入，傷都不覺痛。」

電影中，歐海文傻氣的有點可愛，他只懂如何為方麗娟付出，但因警方行動有變，方麗娟需要忍痛與他分手，他們原約定飛往歐洲旅行，就在趕往機場的車程中，女孩說：「不去了。」然後隨即下車。

明明是無辜的男孩問：「阿娟，我是不是做錯了什麼？」

女孩無聊地找了個原因，「我不想住古堡，我怕鬼。」

男孩遷就，「那不住古堡，住酒店。」

女孩再拒絕，「我不坐飛機，我怕恐怖分子。」

「不用，那坐船吧，」男孩急起來，「我們不去歐洲，去長洲吧！」

「你先笑回一個呢。」男孩最緊張的，還是女孩的心情。

雖然只是電影，但男孩著急女孩的舉動，的確觸動許多觀眾。尤其，女孩，喜歡被寵的感覺。何謂寵，是明明她的要求有點不合理，但你仍然會想辦法滿足她。

寵她，就是你會用盡自己的方法，包括犧牲自己的感受，來逗她開心。

女孩或喜歡被寵，但要謹記，被寵，並不是必然的事，如果有一天，妳習慣了他對妳的寵愛，習慣了不珍惜，習慣了不感激，這份寵，可能會在某一天突然消失。

寵愛，可以變成寵恨。

「沿途紅燈再紅，無人可擋我路，望著是萬馬千軍都直衝。」

愛一個人，真的要好勇敢。

當全世界都反對妳跟他在一起，紛紛投反對票，抱歉，愛情並不民主，妳一張贊成票，足以抵擋萬馬千軍的反對。

問題是，妳敢於愛，妳所愛的人嗎？

方麗娟說過一句頗觸動我的對白，「我連自己的愛情都捍衛不到，怎樣捍衛社會的治安？」

愛一個人，可以是一件好自私的事，只有妳自己才知道，應不應該不理一切向前衝，不理旁人反對，去愛那個他，連傷，也不覺痛。

被他寵過的妳，才會感受到那份寵，這份不能與其他人分享的寵，會令妳不顧一切的不放手，來深愛著那個人。

「我沒有溫柔，唯獨有這點英勇。」

PS. 歐老先生問：「你女兒姓方，你為什麼自稱鍾sir呢？」
鍾sir答：「我姓方，名鍾sir，方中信也是我們家的親戚！」
歐老先生請教：「那，請問sir怎樣寫呢？」
鍾sir示範，「耳朵旁，上面是sir，右旁一個木。」
歐老先生恍然大悟，「真是，活到老，學到老！」
每看一次，笑一次。

T h a n k s f o r t h e a d v e n t u r e

記得三年前在戲院裡，看著《天外奇蹟》（Up）前面十分鐘，然後摸摸自己的臉頰，全是淚水。

男孩Carl與熱愛冒險的女孩Ellie在童年時相遇，到長大後結婚，盼望生小孩的夢落空，然後記起從前的共同夢想，希望有朝一日能到南美洲的「仙境瀑布」探險，接著計畫共同儲蓄，可是一次又一次的意外支出，他們始終沒有實踐這次的旅程。

「人無法走過每天，為求沒有帶著遺憾活到終點。」

夢想，不是用來掛在口邊，而是要用腳步走出來。

總有萬千種原因、千百樣阻力，令你一而再、再而三，將最初的夢想擱在一旁。

然後，生活的折騰，令你慢慢只為三餐而勞碌。時間，像流沙般在我們的掌心流走，直到某一天，你忽然記起這個遺忘了的夢想，然後搖搖頭，覺得自己已經沒有能力去做、沒有時間去追。

誰不知，往往當我們以為已經遲了，卻原來是最適合去開始的時刻。

「到處也是彩色，只因歲月印有你我的足跡，情從未變，歷練了多少變遷。」

時光流逝，當男孩和女孩都兩鬢斑白，年老的男孩才記起，這個年輕時的共同夢想，於是下定決心，連機票都買了，打算給女孩驚喜。

幾多對持續愛到幾多歲？世間上最大的幸福，莫過於年華老去後，你的右手，仍能牽著那個她的左手。幸福，不會因臉上的皺紋而減退；相反，幸福會因彼此的步伐緩慢了，而變得細水長流。

「還記得當初的手臂，滿載了浪漫與歡喜，好比櫻花盛開日期，我會替你統統儲起。」

可是，因女孩的病，最後撐不住而離開，最終她無法與男孩去這趟旅行，剩下男孩一人承受寂寞。

兩個人的約定，缺一不可，你不能保證，那個她永遠都會在你身邊，無論我們是對方的過客，還是一輩子的幸福，總會有一方會較對方先離開。

珍惜，不能用嘴講，而是要力行。

問問自己，有沒有一些與她的承諾，至今仍未實踐？你在等什麼？難道在等某一天，她不能再跟你飛天遁地時才懂遺憾？

「願你沒有牽掛遠飛，在地平線上也有我為你打氣。」

白髮蒼蒼的男孩，在女孩離去後，堅持實現她生前的夢想，將千百個氫氣球升起，令整間房子都飛到「仙境瀑布」，千辛萬苦，終於到達目的地。

然後，他翻開女孩的冒險日誌，打算在預留的空白頁，做最後的冒險紀錄時，才發現女孩生前偷偷在空白頁裡，填滿了他們的生活照，從結婚一刻，到生活點滴，一張張平淡的照片，觸動著男孩心底厚厚的回憶，最後，女孩留下了送給男孩的一句：

Thanks for the adventure, Now go have a new one!

「謝謝你陪我度過的這段冒險，現在去追尋屬於你自己的吧！」

其實，你跟那個他或她的經歷，不也像一場冒險嗎？

從相識到相戀、猶豫到肯定；到成為彼此的一輩子，然後經歷生老病死；最後，讓幸福保存到最後一秒鐘。

這個過程，要有冒險的勇敢，認定那個人的勇氣；要有冒險的堅持，艱難時不鬆開彼此的手，這樣才能找到屬於你倆的寶藏。

夢想，不能只夢與想。有些夢，現在不追，你一輩子也不會再追；有些想，現在不趕，你年老後便不能再趕。

去吧，有夢想，就計畫去吧，讓自己的青春閃閃發亮。

「去吧，我會永遠珍惜你，直到下世紀。」

謝謝妳，陪我度過那段冒險的妳。

如 果 我 有 事

一九四四年，二次世界大戰，一位美國士兵遭敵方狙擊手擊中，傷勢危殆，臨死前，他在隨身的日記寫下最後的請求：

「請任何發現這本日記的人，將它交給我心愛的初戀情人。」

七十年後，一位九十歲的老婦人，來到New Orleans的博物館，從櫥窗中看到這本日記，頓時，淚水近乎崩潰的湧出來，哀求博物館讓她親手翻開這本日記。

想不到，他這封最後的情書，事隔七十年，最終能寄到她的手上。

你是否想過，如果將要消失在這個世界了，你會希望留下什麼說話給他或她？

「如我若有事你會很寂寞，你獨個行怎可快樂。」

世事無常，這一秒，我們仍能呼吸；下一秒，心可能不再跳。

人生的時光可以漫長，也可以在剎那間被摧毀，只是當我們真的遭到意外，視線要模糊漆黑的一刻，才驚覺有話未曾講，而這些遺憾和後悔，只能隨著我們長埋地下了。

有些說話，應該乘我們仍能說話時去說。

畢竟，你和我也不能預計下一秒。

記得《龍鳳鬥》裡的劉德華，臨終前，費盡心力讓鄭秀文以為他仍然在生，希望減輕她的痛苦。

有時候，留下來的人，會比離開了的人更痛苦。

如果你離開，你的戀人當然會淚崩，因為你們過著同呼吸的生活，失去對方自然會窒息。

可是，你會希望那個曾經的他或她，得悉你心已不能再跳的消息嗎？

「但你若有事，我要孤獨做人就得從頭再學。」

我們很難做到像劉德華在戲中精心的布局，因為那個曾經的他或她，已經不在你的生活圈出現，就算你的呼吸突然停止了，她也未必能即時知道。

同樣地，那個曾經的他或她，如果心不能再跳，而你，或許要在一段時間後，才能從某個人口中得悉這個消息。

明明已在你世界消失的人，但如果你知道他或她離開，心仍然會被割，是因為儘管我們分開了，仍希望對方過得安好，最好，比自己過得更好。

當劉德華在外地病危時，鄭秀文致電給他：「你在哪裡？」他說：「妳只剩一個問題，如果妳問我在哪裡，就不能知道珠寶在哪裡了。」

最令我感動的，是鄭秀文的選擇。「你在哪裡？」然後，是劉德華含淚而滿足的掛線了。

我們永遠不會知道，那句話，是和摯愛說的最後一句話。

所以，我一直覺得，臨睡前的那句晚安是非常重要的。

起碼，若是明早你不能再張開眼睛，她會記住的，是你最後那掛念的語調。

請珍惜仍然在呼吸的時光，不要把感受只藏在心底，萬一你突然離開，有話未曾講，那個他或她會因為你心跳突然的停止，而拒絕再為其他人而心跳。

如果我有事，希望妳仍能幸福。

「學習到天邊海角，一人拚搏，我這主角沒有襯托。」

驚 喜

看《被偷走的那五年》第二次求婚的那幕，眼淚傾瀉，男孩為女孩苦心安排的驚喜，觸動人心。

妳，最深刻的一次驚喜，是什麼時候？

他如何把生日蛋糕藏起來，怎樣將禮物遞到妳手上，努力轉移妳視線，把營造已久的畫面呈現妳眼前。每個驚喜，用心良苦，可以用上數天，甚至數星期的時間，務求妳能夠有一刻的感動。

花這麼久的時間，值得嗎？

值得，因為妳那一刻的驚喜，會是一輩子的感動。

就算有天，他不在妳身邊，但妳憶起那天有點傻氣的男孩，臉上的皺紋也會笑。

「如果有一個人你注定要愛上她，如果有個地方等你把它變成家。」

要讓她驚喜，並不容易。

劇本在腦內彩排多少次也好，到實際執行時總會有阻力，可以是聊天的氣氛未到，她的心情正值陰霾，甚至連天氣太熱或太凍，都會影響驚喜的感動度。

最要命的，是勉強用演技裝平淡，未送出驚喜前，千萬不能讓驚喜曝光。

「怎麼你怪怪的？」她奇怪，你裝輕鬆的回應：「沒事呀。」

「沒事？」她笑，其實你怎能瞞過她呢！如果時機適合，便遞上禮物，「送妳的。」

她一臉喜悅的接過禮物。「是什麼來的？」

「妳拆開便知道了，」你搔搔頭，「逛了好久才買到的。」

拆開包裝紙，她第一眼見到你送的禮物，便笑得愉快，其實，只要你用心挑選的，我都喜歡。

我喜歡的，不只是這份禮物，而是你期待我拆開禮物那刻的小忐忑。

「如果沒有，你的呵護，什麼結局也只是種錯誤。」

營造驚喜，需要累積經驗，當你送她的禮物漸多，自然開始掌握她的敏銳度，如果，你想營造一次深刻的驚喜，必須瞞過她的觸覺，這實在需要對她有深度的了解，起碼，不讓她感覺你怪怪的。

籌備驚喜，是演技的挑戰，尤其，要瞞一個愛自己的人，並不容易，她對你的了解，有時比你對自己的了解更深，例如你不以為意的小動作，她一說便穿。

但是，正因為她如此愛你，你更需要至少讓她驚喜一次，就算再難，也要讓她驚喜；就算你的演技可能有點搞笑、你的鋪排可能有點庸碌，但，愛你的她，通通都不介意。

她甚至會裝作不知道，只希望你送上驚喜時，能因她的微笑而樂透，這便足夠。

驚喜，是一個人送給另一個人，但，喜悅卻是兩個人共享的。

「你手心溫度，巧合的力度，陪伴她走過每一步，有些事情，有一些話，你不做就會後悔嗎？」

劇中的男孩，曾經錯失過女孩，為了補償缺憾，他好用心安排這次的劇本，的確，驚喜失敗的滋味並不好受，所以，他希望第二次求婚，為彌補一些錯失了缺憾。

兩個人相處，總有眼淚，但，無私的為對方付出，營造驚喜哄對方一笑，是戀情的一張紙巾，驚喜那刻的感動，足以讓彼此抹乾臉上的淚痕。

「對不起，我知道，我可能不太懂妳。」他一臉誠意的跟妳說，「但，這是我好努力為妳營造的驚喜。」

這兩句對白，看以簡單，卻煞是感動。

你，願意為我再送上驚喜嗎？

「如果有一個人你注定要愛上她，如果有個地方等你把它變成家。」

PS. 在戲院裡看到這一幕，哭慘了，電影中的求婚片段，與去年外國求婚那片段，同樣感動。如果你已經看過《被偷走的那五年》，應該頗喜歡這首歌，Syl Chan; Jenny Ho的〈有一個人〉。
http://www.youtube.com/watch?v=RXnpA8jngi0

密友

有些Facebook的「密友」，並不是你真正的密友。

只是，想走近他或她一點。當她發表近況、讚了誰的近況、加入了什麼的專頁，你都能在第一時間知道。

這個鍵，讓你能及時給她鼓勵、送她溫暖，如果她願意回覆你，或like你的留言，你淘空了心會感到點微甜。

可是，如果她沒有給你反應呢？

「若有一天公開，明目張膽的愛，我怕會讓你太意外。」

我們不會知道被誰人「密友」了，但「密友」妳的人，會想盡辦法隱藏這種單向的親密。

萬一她知道被「密友」了，擔心她連「朋友」也會移除。

不敢向前踏一步，只懂躲在她不以為意的暗處，偷偷緊貼她的步伐，擔心她病，痛心她失落。

當她稍微留意，一轉身，便要立即隱藏自己的情感，不敢明目張膽的愛。

「我的愛只願縮到最小，彷彿不存在。」

只是想在她近況的字裡行間，尋找她在想什麼的線索，尋找有否提起自己的踪跡，可是，愈找，愈忐忑。

「密友」了，反而讓我更不明白妳。

「就算我最愛你，情願好好遮蓋，化作了密碼不公開。」

然後，夜深，有很多想對她說的話，但不容你坦白，你只能轉貼一些歌曲或文章，將心不能靜的忐忑，化作暗示的密碼。

那個他或她，是沒看到，還是，看到而裝作沒看到，你永遠不會知道。

「我一向，都慣自言自語，沒別人愛。」

曾經傳出能在網頁原始碼中，找出最常關注你的朋友，不知道這方法有多準確，但既然那個人刻意躲起來，你又何必要刻意找他出來？

妳可以不喜歡他，但實在不能阻止他喜歡妳。

如果，他沒有騷擾到妳的生活，就請給他一些尊嚴吧。

就是喜歡妳，才不讓妳知道他喜歡妳。

「難道你發覺我志在，就會肯滿足這期待。」

她每發表近況，你手機便會傳來提示。

起初，你會樂於緊貼那個她的喜與愁，但，時間一久，你，不覺得疲倦嗎？

暗戀一個人，是一場疲倦的長跑，在你跑得筋疲力竭之際，還是看不到終點的指示牌，可是，當你決定走上跑道，便無法預期必定能跑到終點。

累得不能再跑下去，便只能中途退場。

可是，有多少個人仍然自虐的不放手？

如果，你發現暗地最常關注妳的人，是過去了的那個他。

妳會希望他繼續，還是期待他退場？

「如若我也有權愛，同樣我也有權不必被愛。」

願時光保持不變

忘不了《保持愛你》[4]的那一句：「願時光保持不變。」

電影裡有一段，是將要分開的謝安琪與梁祖堯，吃兩人的最後一頓晚餐。

明明放不下對方，但男孩決定到南非工作，於是口硬心軟的對女孩說：

「妳不要再等我了。」

「為什麼？」女孩不明白。

男孩衝口而出，「再等就老了！」

在年齡的跑道上，男孩和女孩有著不公平的起跑線，當兩人分手卻分不開，男孩便會擔心，如果女孩再無止境地等自己，數年時光一過，男孩虧欠女孩的，只會更多。

「我愛你很多，多到不怕寂寞，多到忘記了時間，緣走了卻沒帶走我。」

曾經疼過妳的人，分開了便不忍要妳再等下去，儘管心裡有多不捨，但當知道自己不能再給妳幸福時，心，只能夠裝狠，讓妳討厭這個很討厭的他。

能讓妳討厭，總好過妳仍然愛著這個衰人。

記得戲裡有一幕，是他們吃完晚飯，在街頭攔計程車，可是久久都沒車。

「怎麼沒有車呢。」男孩不耐煩，「走，到前面攔吧！」

女孩說：「怎麼這麼沒耐性呢？你走來走去，當然攔不到車嘍。」

「那麼妳怎知道前面沒車？」男孩繼續不耐煩。

「如果你走到前面沒車，然後又回頭，那不是更浪費時間嗎？」

其實，等待幸福，有點像攔計程車的過程吧？

在原地久候，幸福仍沒來，焦急了，於是走到他方，結果耗盡體力後，才發現只要在原地多留一會兒，幸福早已來接走你了。

原來幸福，會因你花心亂挑而流失。

可惜，我們搞不懂，然後錯過一個又一個等車的好地方。

男孩因為等不到計程車而煩躁，氣得連衣履也亂了，於是，女孩貼心地替男孩整理。

「你年紀不小了，總是不修邊幅。」

這短短數秒的畫面，讓我眼紅的一幕。

只有和你相處了好一段時日的人，才會懂如何照顧你這個大男孩。

懂得照顧你的人，一定是很愛你的人，因為，要懂得你的脾氣、記得你的細微，那個人的付出遠遠比你高。有多懂照顧你，代表有多愛你。

你，也曾遇過懂得照顧你的女孩嗎？

「我想你很多，所以才選擇守候，我們堅持過到現在。」

當男孩要走的時候，女孩決定要將心底的感受坦白，流著淚，拿出男孩當初送她的鋼筆。

男孩曾承諾過女孩，用這支筆來簽他們的房契、簽他們的聯名帳戶、簽他們的結婚證書。

可是這些承諾，早已隨著分開而成為泡影。

「我只是想你走了後，用它來寫字給我。」

做不到的承諾，是一種傷害。

可是當妳太愛一個人的時候，妳寧願忍受著這種痛，也不忍與他徹底地分開。

好想，好想時光能停在某個時刻。

「願時光保持不變。」

「讓我愛你依然。」

*4 《保持愛你》是二〇〇九年上映的香港電影。由葉念琛導演，鄧麗欣、楊愛瑾、側田、謝安琪、梁祖堯、唐素琪、胡清藍等主演。電影內被分成五個小故事（但五個故事是相連的）。

包 容

她真正的愛上一個人。

和男孩一起已兩年半，女孩覺得和他可以到白頭，可是，近日男孩的前女友出現，她和他的戀情出現暗湧，前女友是男孩的摯愛，女孩亦清楚男孩有多愛她。

前女友想與男孩復合重新開始，而女孩則盼男孩回心轉意，男孩夾在中間，不好受，但女孩也不見得輕鬆。

我愛你，所以不想失去你，但愛你，又應該要讓你愛你想愛的人。

那麼我應該因愛你而抓緊你，還是因愛你而放開你？

「就算天空再深，看不出裂痕，眉頭仍聚滿密雲。就算一屋暗燈，照不穿我身，仍可反映你心。」

男孩坦白：「對不起，我覺得自己好自私。」

和女孩在一起的時間，他會內疚，因為自知傷女孩有多深，卻又不禁憶起前女友的付出；可是，和前女友在一起時，又會想起女孩的好，更內疚。

然後，他說：「我想自己一個人。」

拜託，不要用犧牲來裝偉大好嗎？打從你第一秒回應前女友的愛，已經在製造三個人的傷害。

你說得對，你好自私，當同時愛著兩個人時，抱歉，眼前的兩個人，都不是你的最愛。

你最愛的，是你自己。

「讓這口煙跳升，我身軀下沉，曾多麼想多麼想貼近，你的心和眼口和耳亦沒緣分，我都抓不緊。」

女孩好討厭人家吸菸，也曾認為這是她擇偶的底線，可是，愛，會讓妳讓步、再讓步，讓得，自己墮進懸崖，也要包容對方的缺點。

當女孩知道男孩有吸菸的習慣時，大受打擊，打擊不在男孩有多不健康，打擊在於，為什麼我跟你已經好一段時光，而我，還是這麼不了解你？

他抱歉，答應女孩不再吸菸，盼女孩相信他。女孩感動，所以相信他。

可是，偶爾還是會看到他袋中的菸盒，但女孩會裝作傻瓜般不知道。有一天，他忽然關心女孩，問她近日是否與某朋友聊天，女孩覺奇怪答沒有。後來，女孩才知道，他答應不吸菸的承諾，在街上被某朋友撞破了，那天的關心，純粹出於試探，看女孩知道了沒有。

女孩不是他的家長，沒身分管他的生活，女孩痛心的，是你為什麼要把我當作真正的傻瓜？

我希望你為我而變，但變不了，我不會怪你，只怪自己沒有改變你的能力，可是，答應了而做不了，請不要心存僥倖來試探我。

很多事情，我一早已經知道，只是，裝作什麼都不知道的傻瓜，這樣，才能維持我們之間的戀情。

但，難道你覺得，我真的是傻瓜？

「害怕悲劇重演，我的命中命中，愈美麗的東西我愈不可碰。」

女孩以為，只要忍讓和包容，男孩總會感受到，然後，便可以一直幸福下去。

可是，原來當妳愈忍讓，他便愈得寸；愈包容，他便愈進尺。

直到一天，他告訴女孩：「我夾在妳和前女友之間，好痛苦。」

從前的女孩，敢愛敢恨，但這次不行了，她太愛這男孩，實在不能失去他。

讓我包容你多一次好嗎？我不介意，只要你願意真正地回到我身邊。

「妳很漂亮、很友善，」男孩別過臉，「會有很多其他的男生喜歡妳。」

「我什麼人也不愛，」女孩聲音苦澀，「我只想要你。」

故事來到這，還未落幕，但，我們都在女孩身上看到了自己。

因為愛，而包容，也因包容，而覺得痛。

我包容你，不代表我不痛，而是，痛著仍懂笑的滋味，你懂多少？

「仍靜候著你說我別錯用神，什麼我都有預感。然後睜不開兩眼，看命運光臨。然後天空又再湧起密雲。」

好 友

對你來說，我只是你的好友；但對我來說，你早就不只好友了。

不知不覺，我像有點喜歡你。

你還沒有察覺，或許是我們之間，早有一份彼此的疼，可是，我在不為間，把這份疼放多了，然後，形成了我對你的好感。

我不敢透露這份好感，我害怕，害怕破壞和你這段穩定的友誼。

雖然，我早就把它當成愛情了。

「如果你眼神能夠為我，片刻的降臨；如果你能聽到，心碎的聲音。」

我重視你，所以會重視你有多重視我。

我聽到你提起另一個她，我會吃醋，裝不在乎，然後試探你，「你會喜歡她嗎？」

你微笑，如果你答：「哪會啊？」我會鬆口氣，但明明，根本沒資格去管。

如果你說：「可能吧？」我會立即擠一個笑，「真好呀。」

但明明，我心在失落，卻要裝快樂。

我好想知道，我和她，在你的心裡，誰比較重要。

別誤會，我指的，是友誼程度。我想知道，你跟我好一點，還是跟她好一點。

雖然，這真的有點無聊，但我真的好重視，我在你心裡的分量。

「盤底的洋蔥像我，永遠是調味品，偷偷地看著你，偷偷地隱藏著自己。」

我不是你的什麼人，但，我不想她超越我的位置。

雖然，我和你只是好友罷了。

眼看著你跟她開始走近，做為好友的我，應該在旁替你們撒花瓣，滿臉笑容的恭喜你。

可是，我辦不到。

明明最了解你的人，是我，怎麼，我們不是循序漸進的成為戀人？

在另一個她未出現前，我不會著急你的去留，可是，當我見到我這位好友，開始與其他人友好，才驚覺：「怎麼我會有點酸？」

我像把你私有了，可是，這只是我單方面的私有，你，根本不曾被我擁有。

「如果你願意一層一層一層的剝開我的心，你會發現，你會訝異，你是我，最壓抑、最深處的祕密。」

「怎麼你近來，像有點不開心？」他察覺到妳神色有異，這當然了，他可是了解妳那麼深的人。

「沒有呀，哪有？」妳否認，這也當然，難道告訴他，「我好像有點喜歡你。」

不說出口，混亂僅困妳心裡；衝口而出，災難夾雜兩人間。

我可以接受你不愛我，但不能忍受你疏遠我。

如果，不透露心跡，可以留住妳這好友，我希望，能守一輩子的祕密。

只是，任我再懂收藏自己，但，我還是遮掩不了對你的患得患失。

尤其，當有一天，你告訴我：「我準備跟她開始了。」

做為好友，我應該要為你找到幸福而鼓掌，可是，我還是抱著萬分之一的希望，妄想你的幸福，是我。

但，這只是我的妄想，表面的我，會笑著打罵你。

「終於有人肯要你了嗎？心地真好呢。」

請你在身旁留一個位置給我。

讓我們繼續好友下去。

「你會鼻酸，你會流淚，只要你能，聽到我，看到我的全心全意。」

約 會 我

好期待，每次與你一同放的假。

我會期待，你會約我往哪，逛逛街，走走路，牽牽手。那頭才剛聽到富豪雪糕的音樂，這頭你已迅雷不及掩耳地買了一杯，好甜，甜不在香草的味道，甜在我可以與你共享這杯雪糕。

你可能覺得約會是件平常事，但，我每次都好隆重其事。你看不見，我出門前，對著衣櫃忐忑了多久，換了多少次衣服，連鞋子也脫了又穿，我並非在乎儀表，而是期待已久的假期，希望能穿得漂亮點，教你耳目一新。

當然，我並不會告訴你，還會裝作不在意，然後，看你見到我後的第一句話。

如果你第一句是「今天妳穿得挺漂亮呢」。我會保持平淡，「是嗎？謝謝。」但，這個讚賞，已足以讓我甜蜜上半天。

可是，如果你第一句是「怎麼這麼遲」。我會微笑道歉，「是呀，遲了點。」而，心卻有點被掏空，我遲到是錯，但遲了點，是希望讓你看到悉心打扮的我，怎麼你會看不到呢？

「這感覺，已經不對，我努力在挽回，一些些，應該體貼的感覺，我沒給。」

每臨近假期，我都期待你約我。

還記得我們的最初，你在電話裡，聲音有點靦腆，「下星期日妳有空嗎？」

我笑，「你想約我嗎？」

你笑得有點尷尬，「是呀，那妳有沒有空？」

喜歡有誠意約我的你，當然不是要求你，每次都要提早兩個星期以書面申請，但，你愈早約定我，愈覺得你重視我，起碼，不用我刻意預留哪天，也不敢約其他朋友。

可是，不知從何時開始，你愈來愈晚約我了。

或，你愈來愈少約我了。

「妳嘟嘴，許的願望很卑微，在妥協，是我忽略，妳不過要人陪。」

看著日曆翻到假期的前夕，還沒見你來電約會我，心，有點失落。

沒有你，我當然可以自己一個度假期，只是，如果這天的良辰，配上美景，還有你，我會覺得，好幸福。

我好想和你度這天的假，不需要有什麼節目，就這樣懶洋洋的過一天也不錯，可是，到假期前夕臨睡前的時間，還是沒有你的音訊。

我還是不敢約朋友，怕這頭約好人家，那頭你才來電約我，結果，我為你預留了這天的假期，可是，你卻不知道。

不應該怪責你，想跟你約會，我應該主動點開腔，而你又永遠不知道，原來我曾有如此的忐忑。

但，有些甜蜜，開口才有回應，這，已經不是甜蜜了。

「這感覺，已經不對，我最後才了解，一頁頁，不忍翻閱的情節，妳好累。」

屏幕傳來他的WhatsApp，「明天有空嗎？」

妳回覆：「有空呀。」

「有沒有地方想去？」

有呀，有很多地方想去，只要你約我，便可以了。

有你的邀約，原本沒有營養的假期，頓時注滿了生命，我會期待，明天的假期又可以跟你往哪裡逛、往哪裏吃、往哪裡聊，只要哪裡有你，就可以了。

陪我多一點，在我需要有人陪的時候。

儘管有其他人可以陪我，但，我還是希望陪我的人，是你。

我想要的天空，好簡單。

等你，約會我。

「妳默背，為我掉過幾次淚，多憔悴，而我心碎妳受罪，妳的美，我不配。」

PS.周杰倫〈我不配〉。

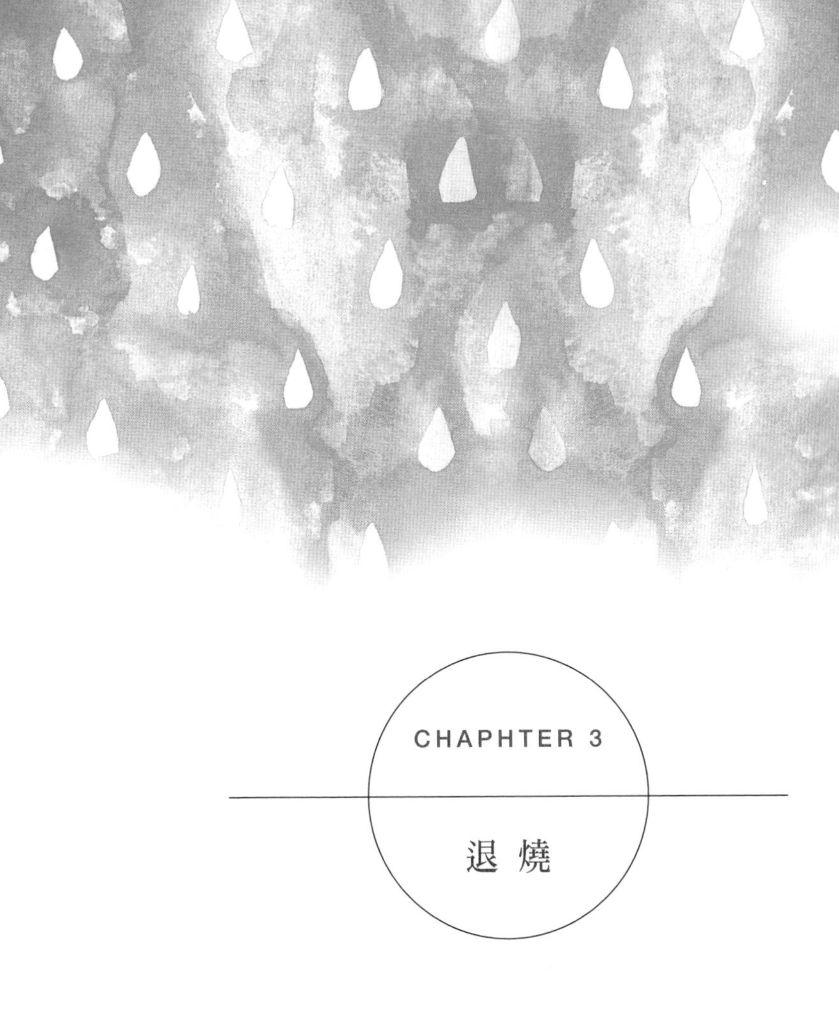

CHAPHTER 3

退燒

已經不再愛妳的人，
再多愛，他也不喜歡。

C h a n n e l s

這數天，在聽《衝上雲霄2》的一首插曲《Your Laws》，這首歌，也用在Sam與Hoilday在英國分手的那一幕。

在河畔，Hoilday問Sam：「你想幫我、想鼓勵我、想告訴我，這套制服有多重，為何要透過顧夏陽的口來轉達，而不直接跟我說呢？」

「其實關於飛機師的責任，這套制服有多重，其實，我一直不斷跟妳談過，」Sam嘆了一口氣，「只不過我的Channels，妳收不到；剛好另一個Channels，妳接收得很好，於是只好用另一個Channels。」

相處愈久，溝通，理應愈深；可是，諷刺的是，相處漸久的情侶，不一定代表頻道接收清晰。

有時候，同一句說話，我說，和他說，妳會聽的，是他。

You said if I followed you, Things that I want will all come true,You said you will always be true, If I followed you, if I followed you.

遇上抉擇時，問另一半，可是問之前，大概已猜到我說什麼。沒辦法，相處漸久，我的思路多闊與多深，你都掌握了，意見，你會問，但是會否聽，只有你自己才知道。

可是，其實我很介意，你是否尊重我的意見。

尊重，是戀愛中的一個學問，當熱戀冷卻成恆溫後，有很多你不自知的舉止會流露，例如不屑對方意見的那個輕輕白眼，你以為對方看不見，其實，她早就記在心中了。

記得我們還未在一起，你會懂欣賞我的觀點，也會虛心聆聽；可是在一起後，我有多少道板斧，你早就知道了，尤其，當談一些我不懂的事情。我不懂，固然合理，但你那輕視的嗤之以鼻，可知道有多難看？

You said you would show me the world, That I will always be the only girl, You said you will never argue, If I followed you.

同樣的意見，我同你說過無數次，都不及你親愛的朋友說一次。

明白，那朋友的語調或許更溫柔、認識或許更專業，而我的意見也不一定對，但，我在意的是，面對困難時，你會先想起誰。

兩個人在一起，困難，是兩個人一同去面對，她未必能真正幫到你，但，她希望能第一時間知道你所面對的事，然後，與你用同一種心情，分一半煩惱來面對。

或許你覺得問題說出來，無助解決，倒不如不說，或直接找更懂的人問意見，不是更便捷嗎？

對，但你可有顧及她的感受？她未必能幫你，但，她想和你一起面對。

這是反映我和你的心仍然相連的證據。

問心，面對問題時，你會先想起我嗎？

These are the loves that you made, How could I change your way, baby, oh~ baby.

如果可以調對跟你的Channels，我怎會希望有偏差？

只是Channels是雙向的，我願意調校，你也要願意接收才可以，不然，我關心你，你嫌我嚕囌；我給意見，你嫌我深度不夠；我鼓勵你，你覺得已經聽得厭了。

那，我還可以說什麼呢？

我的意見有沒有分量，不在乎我說得話有多營養，而是你有多尊重我。

同樣是說話，由唐亦琛說，或顧夏陽說，對這時候的何年希來說，並不一樣，因為打從一開始，她已關閉與Sam的Channels，這樣，再好的意見，也聽不入耳。

你呢，與對方的Channels接收仍清晰嗎？還是，已經開始有偏差？

重新尊重對方的聲音，調校與對方的Channels，你願意說，她願意聽，只不過，你不是要在她身上取得答案，而是，讓想懂你多一點的她，多懂你一點。

These are the rules that you made, How could I doubt you babe, baby, oh~baby, my baby.

PS. 送你一首歌〈Your Laws〉，是我這幾天一直在聽的《衝上雲霄2》插曲。

心淡

「想不起，怎麼會病到不分好歹，連受苦都甜美。」

心淡，是一個用眼淚練習的過程。

這過程為何會痛，是因為妳往日的暖未退，但他的心，早就冷卻了。

妳放不開他的手，但他卻在不斷甩開妳，不對等的愛，注定受傷的，是較愛對方的人。

真諷刺。

到底是我患上痛愛著你的病，還是，你患上失憶症，其他的都能記住，只是忘記了我？

「我每日捱著，不睬不理，但卻捱不死，又去痴纏你。」

當愛彷如失重的天平，愛得重的那方，注定受重傷。

在愛彌留的階段，愛得重的妳，會想盡一切方法，留住這段失溫的愛情，可是，愈想去抓，欲抓不緊，妳動作愈多，他愈看不順眼，問題根本不在我應該要做什麼，而是，我做什麼都沒有用。

已經不再愛妳的人，再多愛，他也不喜歡。

「若我不懂憎你，如何離別你，亦怕不會飛。」

愛你，讓我放不開，再抓緊你的手，我把臉轉向另一方，視線明明已見不到你，但一回頭，你就跟我打個照面，真笨，我的手根本沒放開，我的腳根本沒離開，站在原位，緊握著你手的我，怎能下定離開你的決心？

要離開，不是要他甩開妳，他已經重重甩開妳的手很多次了。一天，妳學不懂放手，一天，妳就要站在原地，忍受這個曾送妳暖的人，那厭棄妳的目光。

曾經甜蜜的眼神，怎麼現在卻充滿著鄙視，我，到底做錯什麼了？

「由這一分鐘開始計起，春風秋雨間，限我對你以半年時間，慢慢的心淡。」

最痛的痛，是痛完一次又一次之後，妳仍然繼續去自虐的痛。

他，一定曾好愛妳，所以，妳走不開兩步便回頭，妄想著，他會突然變回從前的他。

但，妳愛的，是現在不再走近妳的人；還是，回憶中牽著妳手結伴同行的他？

那個他，是上一秒的他，但遺憾的是，當他已走到後一秒，而妳，卻留戀在上一秒。

既然，他已經不是那一秒的他，那麼妳，是否應該要在這一秒起，重新計時，然後，由這一分鐘開始計起？

「一天一點傷心過這一百數十晚，大概也夠我，送我來回地獄又折返人間。」

心淡，最可憐的是，心明明不想淡，但他卻逼妳不要再想他。心，可以濃的話，我怎會希望淡？

這個過程，或許會讓妳哭好多遍，直到淚腺不能再分泌淚水、呼吸不再因哽咽而困難。妳會發現，原來受過傷的心，會有自癒能力。

能繼續保持心跳，是因為，曾因他而死的心，會來回地獄又折返人間的，再活過來。

這個過程，能讓妳的生命厚一點，但代價是，妳日後，不會再如此徹底的愛一個人。

而他，也不會再找到一個如此愛他的女孩。

願妳，愛會心淡。

吵

看過《分手說愛你》[5]，應該記得薛凱琪和房祖名，如何在黑沙灣吵架。

不愛看地圖的房祖名，帶著薛凱琪徒步到黑沙灣，女孩建議：「不如叫部車？」男孩堅持，「現在沒有車，再走吧。」天氣好熱，女孩問：「你說的印度餐廳在哪裡？」男孩回應：「就在這附近。」結果沒多久，女孩累得坐在地上。

「半小時前，你說兩分鐘就到，」女孩抱怨，「你可以問人家，還死要面子。」男孩反擊，「我來過，我懂路的！」然後，又是一輪爭吵。

吵架時，怒氣攻心，大家務求要拗贏對方，說話會愈說愈難聽。拗不過對方時，回敬的三大皇牌是「你上次也是這樣子！」、「我從來不會這樣子對妳？」、「這不是什麼大不了的事吧？」再甚，把陳年的事再搬出來，「你曾做過多少對不起我的事！」

吵架，令兩人的嘴臉都變得討厭，他有多凶，她就有多惡；他有多失控，她就有多歇斯底里，明明是很熟悉的人，都會在瞬間變得陌生。

你可知道，你罵我的那刻，樣子真的好難看？

「Baby u hurt me so bad，想要你回到我的世界。」

因頭腦發燙而衝口而出的傷害，會一輩子刻在那個人心裡。

愛情沒有橡皮擦，出了口的傷害，不能擦去，就算能讓你擦，也不能擦走紙上的痕跡。就如她雖原諒你曾經的失言，卻不會忘記那刻被傷害的感覺。

明白那刻你氣上心頭，但有哪些話不應該說，你怎會不知道？

愛情，不是辯論比賽。

口才了得的你，成功把她搶白得啞口無言，但這代表什麼了？沒有人喜歡吵架，但既然吵架這樣討厭，你可想到她為何仍要跟你開戰？

仍著急你，所以仍願意跟你吵架，不再著急你，話多說一句也厭多。

「Baby u hurt me so bad，只要我們都愛著，無論多苦都值得。」

有些話，說了；有些冷落，忍受了；有些不體貼，遷就了；但他一次又一次地重複問題，如果一直是妳單方面的退讓，他又怎會感受到？唯有把問題說出來，逼他去面對。

只是，說出來的過程，容易讓自己變得激動，容易讓自己的樣子變得難看，容易讓自己的語氣變得討厭。對不起，你知道我忍耐了很久，才把抑壓在心底的不滿爆發出來？

我的EQ，不足以讓我在罵你時也懂笑。

罵戰後，不歡而散，但當怒氣退卻，心又油生，「剛剛自己是否太過分了？」然後精神分裂，「但誰叫他這樣子對我？」再分裂，「但如果他真的就這麼走了，怎算好？」

然後，忐忑對方會否哄自己，或掙扎自己應否找對方，在等待結果的過程，每秒鐘也難捱。

可是，先哄回對方的人，未必是做錯的一方，而是，妳愛他的分量，足以讓妳抑壓心裡的氣，來哄回那個不懂哄妳的人。

吵架，吵贏了，不及吵完了。當彼此願意把問題坦白，說完了，改善了，解決了，下次，最好不要把吵完了的事，再翻炒，不然，不斷把傷口撐大，怎會好？

如果，你跟她又捱過了一場罵戰，再重拾珍惜對方的蜜月，請想想，問題有解決嗎？你，有否站在她的角度設想，讓她不用再開戰，也得到她應有的暖？

愛她，不是不跟她吵架，而是讓她不用和你吵架。

心暖，又怎會捨得吵？

「說好的，你怎麼忘記了。」

PS. 記得在戲院看《分手說愛你》，那時候因接電話而錯過了重要片段，
　　然後，重看時，感觸良多。

*5　《分手說愛你》是部香港浪漫愛情片，導演和編劇黃真真，主演房祖名、薛凱琪、鄧健泓、葉山豪。該片講述了香港八〇後青年男女的愛情故事。

螢幕發光，無論什麼都看

兩個人的約會，有時候可以是兩個人的孤獨。

焦點不單是眼前的人，還有屏幕後的他她他她。電話放在桌上，只要屏幕閃過某WhatsApp Group的訊息，明明在跟你說話，但他或她的視線會被轉移，話語停頓兩秒，當發現訊息與自己無關，便把焦點重回眼前的人，直到下次閃來訊息又分心，一頓飯，可以有數次這樣的失焦。

當他或她低頭用手指掃屏幕時，這個動作恍如有傳染性，接著就是自己也拿出手機來看，不是為回覆WhatsApp，而是保護遭受冷落的自己。

說穿了，這有點是逃避寂寞而示威的孩子氣。

然後對方抬頭一看，見到你也埋頭在玩手機，於是他或她低頭繼續，惡性循環。大家習慣在相對無言時便拿出各自的手機，逃避因沒有話題的靜默，各個WhatsApp Group總有你未讀取的新訊息，一定能找到要回覆的位置，但為什麼要在約會時也這樣忙碌呢？大家可有想起在未有智慧型手機前，約會是怎樣度過呢？

在「SMS[6]」的年代，我們不會拿著手機不斷收發短訊，一來因為要付錢，所以想好內容才按「傳送」，珍惜配額；二來你不會有對方即時回應的期望，按下「傳送」後，會覺得已將訊息告知對方，不會急着等對方回應，心安理得。

但來到WhatsApp的年代，「兩個剔」及「最後上線時間」的出現，都像在催促你看完後要立即回覆。當朋友見到「兩個剔」你的「最後上線時間」比訊息還晚，便容易覺得你不尊重。在無形的壓力下，大家回覆WhatsApp的速度比回覆SMS快得多。

有朋友說：「WhatsApp取代了SMS。」但我覺得WhatsApp不單取代SMS如此簡單。從前有網上「聊天室」，後有MSN群組對話，可以讓十數位朋友同時溝通，相當方便。然後科技再進步，WhatsApp Group令「聊天室」也可以帶出街，全天候和朋友風花雪月，訊息快得看遲數分鐘就不知話題說到哪裡去了。從前MSN還有「顯示為離線」讓我透透氣，現在呢？

如果可以選擇，我還是喜歡吃完晚飯、洗完澡，然後舒服的坐下來玩玩MSN，專心數十分鐘來和朋友溝通，總好過遲覆了某個WhatsApp而給朋友「不尊重」的錯覺。

科技的巨輪不斷前進，MSN都嫌不夠快而遭淘汰，在任何事都講求速度的年代，我們的步伐是否走得太快，而連最初、最基本的溝通也忘記了？

溝通，應該是舒服的表達，為回覆訂下時限，雙方互相追趕總會累；

溝通，應該是自然的感受，不用依賴「表情符號」來告訴我你現在的心情，只要兩人的心連在一起，喜怒哀樂根本不需要透過屏幕來感受；

溝通，應該有適當的距離，寧願讓你從我的「MSN狀態」猜猜我想法而忐忑，也好過你直接查看我的「最後上線時間」，誤以為我不重視你而失落。

相對無言當然難受，但如果兩個人的心真正在一起，其實不用太多的話語，靜靜相對、一起發呆也可以很浪漫。最重要是在約會時，焦點應該集中在眼前的他或她，而不是現在一發現氣氛不對勁，便拿出手機來裝忙碌，可知道當大家低著頭的時候，樣子就像等待對方開口說分手一樣？

冰冷的屏幕不會比眼前有體溫的人溫暖，把手放在對方掌心定會比放在屏幕上窩心。

「陪我講，陪我講出我們最後何以生疏？」

不要讓螢幕發出的光，令兩個人的愛情變得黯淡。

*6 SMS，台灣稱簡訊，大陸叫短信。

找我

我忍住，沒有去找你。

你知道嗎？明明想聽你的聲音，但我卻要忍住不找你，這種感覺，不是味兒。

為什麼，總是要我哄回你，而不是你為我低一次頭？

你不在線時，我忍住不WhatsApp給你；你在線上時，我更不敢傳訊息給你。

我最受不了的，是當我傳訊息給你後，而你，不是從「online」變成「typing...」，而是在數秒後，變成「last seen」。

我明知道你看到，而你不回覆，就像隔着屏幕，給了我一記耳光。

起初，你找我，多於我找你；現在，你不找我，我也忍住不找你。

「因初吻著你想慶賀，你卻開始疏遠我，假使你是覺得怯懦，你會不會拒絕我。」

我的確好怕失去你。

但不斷找你，卻不代表擁有你。

所以，我刻意不找你，是希望你察覺，感受到我的心情，然後，多找我一點。

怎想到，我忍住不找你，你，就不找我了。

找，是一個看似單向的動作，但，如果找，能夠雙向，代表兩人重視對方的分量均等。

我喜歡你找我的感覺，不需要有什麼要事，無聊的，輕鬆的，一句「沒有呀，我想聽聽你的聲音而已」，已足夠在電話另一邊的我，掀起你看不到的甜笑。

雖然，我可能會回應：「你真無聊。」但，這不是真心話，我希望，你可以無聊一點。

包括，無聊時，就想起我。

屏幕顯示你的來電，我每次都好緊張，先確保四周不嘈雜，而你能清楚聽見我聲音，我再按接聽鍵，「喂？」

我希望，每次與你聊的電話，都是有營養的，讓你感覺良好，那麼，下次你才會再找我。

你可能會問：「為什麼要我找你，不能是你找我嗎？」

親愛的，我是有找過你，但，你可能不以為意，當我找你時，你的回應，退溫了。有時候，說不到數分鐘便掛線的電話，就像在扣我們戀情的分數。

我不想，我的聲音，會成為你的煩惱；我不想，致電給你，總在打擾你的工作；我不想，每次找你，你也是這麼冷漠的回話。

「是你不想我啦，甚至不找我啦，無非幾天變化，就像摑我幾千巴。」

跟你在冷戰，而你，終於願撥電話給我，我看著屏幕來電，往往都要深呼吸、穩住心跳，才敢接。

「喂？」

「是我。」他艱難的吐出一句。

「嗯，什麼事了？」我故作冷漠，也裝作鎮定的回話。

我希望，你不要被我的語氣所騙倒，我的冷漠，是裝出來的，這是我捍衛自己尊嚴的反應。因為，我知道，我又會原諒你了。

對，我又原諒你了，無論你上一次做錯了什麼。如何激動的拂袖而去，如何無禮地掛我電話，如何難看地罵我不是，我，都原諒你。

打從我看見你的來電，再按下綠色的接聽鍵，就已代表，我們紅燈了的感情，再開綠燈。

我根本不是要跟你分開，我只是，希望你找我。

尤其，當我不找你的時候，請你務必要找我。

因為，我忍不住不找你，好辛苦。

找我，好嗎？

「難道你共我親吻抱擁之後竟有偏差，不想和我好，請求直說真話。」

初分

最痛的時間，莫過於跟他分手後的數天。

一位女孩，剛與他分開近一個星期，患上「分手後失落症候群」，病徵是睡不好、吃不下，翻看舊照片，重看WhatsApp舊訊息，然後不自覺哭，淚乾，不開心，裝開心，再睡不好。

循環，再循環。

Wechat，仍儲存他昨天最暖的錄音；WhatsApp，仍保留他傳來的問暖訊息；Facebook，仍儲存他tag妳的甜蜜合照。

科技進步，進步得，他走了，卻像沒離開。

「好好分開應要淡忘，你找到你伴侶，重臨舊情景，我卻哭得出眼淚。」

一個人，沒有目的地，在鬧市中四處遊蕩，然後，不自覺來到這裡。

這裡，不就是昨天跟他溫暖過的地方嗎？

一樣的景物，不一樣的心情，身旁，再沒有他，人潮川流不息，但我卻感到異常的寂寞。

這裡，好像只有我一個人。

我覺得有點冷，不單是這幾天漸秋的天氣，而是，我心不再暖。

好想有人再從後忽然的擁抱我，用那親切的聲線：「等了好久呢？」

妳撒嬌。「是呀，等得我多苦。」回頭，以為看到他親切的臉，可是，他沒來。

對，他沒來。

妄想能在這裡再遇他，但，妄想只是妄想，只是我一個人在胡思亂想。

「我再沒勇氣向你講舊時，沒有勇氣相愛另一次，為你將睡眠忘記通宵傾談，但已經頓成往事。」

他終於回應我了，還應我的約，我倆來到了最喜歡的餐廳，他看見我，皺起眉頭，「怎麼妳瘦了？」

妳想哭，卻忍住淚水，妳好想告訴他，他不在妳身邊後，妳茶飯不思，根本就沒有胃口，今天已不知是第幾天沒依時進食。

然後，他緊握妳的手。「我想跟妳說……」

說什麼呢？你想回來我身邊嗎？好呀，我就是在等你呀。

忽然，醒轉過來，怎麼，他不見了？看見的，是我暗暗的房間、空洞的天花板。

原來，我又做了一個掛念你的夢。

不要這麼殘忍好嗎？你想跟我說什麼？你還未說呢！我還有很多委屈想跟你哭訴，現實的你已不再理會我，怎麼連夢裡的你也離我而去？

難道，要跟你再聊天，便只能在夢裡？

「如何逃避這戀愛故事，仍然說得多細緻，重複的震撼，餘震未停止。」

你可以不要走得那麼急嗎？你可知道，我仍然呆在原位，未想通你為何要走。

我好想知道，在我這樣痛苦的初分期，你也有像我這般難過嗎？

這一個星期，我每一秒都在痛。

你呢？是適應了，還是已經有新的對象？

我看着你的WhatsApp，你上線，你離線，再上線，你應該很忙碌吧？忙碌著與誰聊天？我知道，我明白，我已經沒有身分去介意，也不應該像監視你般，看著你的上線情況。

但，這已是我跟你最後的一條線，只有這樣，我才能感到你仍存在。

雖然，這真的好無聊，但，我寧願看著你的WhatsApp淚流滿臉，也不願承認你離開了我的事實。

我打過好多句想傳給你的說話，但，我一句也沒有傳給你。

沒什麼的，只是，這幾天漸冷了，多穿衣，別冷壞，和，

我好掛念你。

「雖則你難忘記，這戀愛遺物終須棄置，再好好過日子。」

PS. 最後的兩句，是女孩想跟男孩說的話，分開後仍然關心，是因為，她和他，曾真正的相戀過，想跟這位讀者說：「加油！」

祝福

一位女孩，認識了一位男生已有一、兩年，但真正認識，還是這幾個月的時間。

女孩感覺，他正是自己一直等待的人，但這份好感，女孩只收藏在心底，不敢透露。

當他主動約會女孩時，她高興得跳起來，然後，他們看戲，他們吃飯，兩人開始走近。男生的工作很忙，他們每次相處的時間也很短，但，女孩已好感激，感激上天給他們兩人走近的機會。

女孩好想多了解他一點，於是會 check 他的 last seen，留意他起床和入睡的時間，當巧遇男孩同在線上，女孩會猜想：「他會否也在看我是否 online？」

這些猜想，我們永遠都不會有答案。

「當世界只剩下這床頭燈，你那邊是早晨已經出門，我側身感到你在轉身，無數陌生人正在等下一個綠燈。」

女孩把他設定成Facebook唯一的密友，因為她想第一時間知道他的status，她想知道他平常會like什麼，甚至到外地旅行，只要一找到WiFi，女孩第一個想找的人，就是他。

有關他的，她都想走近。

女孩開始害怕。

她害怕自己真的愛上他，害怕愛上他後會受到的傷。她是一個很脆弱的人，試過半路被撇下的滋味，從此害怕戀愛。女孩害怕，他這刻在眼前，下一刻卻可以突然消失。

「一再錯身彼此脆弱的時分，如果渴望一個吻的餘溫，我關了燈黑暗把我併吞。」

愛情最難捉摸的，莫過於開始的時機。

太早想開始，又怕對方未準備好；太遲去開始，又怕時機早已溜走。

結果，未開始，便錯過。

女孩和他，本已走近，但不知為什麼，走近後，卻遲遲未有擁抱的勇氣。

結果，兩人的腳步又開始走開，他漸少找女孩。還記得最後一次的見面，相對卻無言，結果各自拿出手機，視線停留在屏幕，像掩飾某些尷尬，這次最後的約會，也讓他們對彼此的印象停留在最壞的時刻。

「你不在，當我最需要愛，你卻不在無盡等待像獨白的難捱。」

他沒有再找女孩了。

曾答應陪女孩看的戲，沒有看；曾答應送她的生日禮物，沒有來。

他不在了。

女孩曾幻想，如果時針能回撥至那一秒，當他問自己：「妳喜歡什麼類型的男生？」而她能鼓起勇氣，「就是你這種成熟卻不失稚氣的人。」

那他們的結果，會不同嗎？

女孩搖搖頭，幻想總是很美好的，但，她覺得，自己哪有本事令他愛上自己？

然後，有一天，她知道男生有新對象了。

聽到這個消息，女孩並沒有心痛，反而鬆了一口氣。

因為她知道，她將會成為他生命中的過客，儘管，他可能從頭到尾，也沒有把她放在什麼重要的位置。

但女孩覺得，「這就夠了，讓我靜靜的退場，靜得，像沒有在你面前出現過，就可以了。」

他未必會記得曾經有這個她，但她卻一輩子記住這一個他。

只要你這刻安好，我便心滿意足。

感謝你，曾經來過我的世界，讓我感受過幸福的陽光。

祝福你，衷心的。

「但你不在，那些搖擺，我都明白，都明白，但你不在，愛已不在，不在。」

PS. 受一位陌生卻熟識的讀者所感動，替她寫了這篇作品，配上她在聽的〈你不在〉。我相信，那個他，會感受到妳對他的祝福。

CHAPTER 4

彌留

世上最美好的，是時光；
最殘酷的，是時間。

翻熱

聽到一個愛得很累的故事。

一個女孩，和一個男孩，一起數年，然後，男孩決定到外國留學，女孩雖然千萬個捨不得，但為了男孩有更美好的將來，傷心的她，笑著送別男孩。

雖然異地相隔，但女孩沒有放棄，每當男孩放假回來，他們都像能重新熱戀一次。然後，送機，再回來，再送機。就這樣，女孩和他維持著一段不斷翻熱的愛情，就像湯冷了，便拿去微波爐，再冷了，再加熱。

女孩用自己的方法，克服男孩不在身邊的孤獨，但敵不過寂寞時欠一個擁抱的空虛。

不少新的男生，都在女孩的身邊徘徊，女孩曾想去試，但不知為什麼，她總放不開那個不在眼前、卻在心底的男孩。

「眼淚排山倒海，再抵擋不了傷害，我們的愛，結束在這個夜晚。」

世上最美好的，是時光；最殘酷的，是時間。

它能在妳不以為意間，構建每幅窩心的回憶，也能在妳不留神之際，殘忍的抽走曾溫馨的溫度。

女孩和他的愛情，雖然不斷被翻熱，但溫度一次比一次淡，就如妳不能把同一個麵包翻熱數十次，儘管它仍能熱，但暖不入心。因為翻熱的過程，會將麵包的水分抽走，就像妳和他，一次又一次的重新開始，能保持熱度，卻鎖不住甜蜜的流失。

聊天時，不像從前的不願收線；吵架了，不像從前的急著和好，兩人愈走愈遠。男孩或許想開口說分手，但卻說不出口，女孩受不了這種慢性的折磨，於是開口說分手，原打算試探而已，可是，男孩沒有多做挽留，還好像鬆了一口氣。

怎麼，原來你一直很想跟我分手嗎？

分開的數天後，女孩還是忍不住先找他，在電話裡，女孩哭著求男孩。

「唔好唔要我呀，求求你。」

女孩哀求，卻不能觸動男孩，男孩堅決要分手。透過Facebook，女孩看到在外國的他，過著很精采的生活，女孩過著以淚洗面的日子。然後，女孩身邊又出現一位新的男生，他把傷重倒地的女孩扶起來，女孩感激，而男生亦表示對女孩的好感，可是，女孩還是回絕了。

女孩騙不了自己，雖然他不要我了，但我還是愛他，我不想把你當作救生圈，這樣對誰也不公平。

女孩沒有接受新的人，就這樣，站在原位沒有向前走，然後，男孩又從外國放假回來，這次，男孩想挽回，他又重新一次，想把跟女孩的愛情翻熱。

女孩接受了，沒辦法，她，太愛他了，他輕輕的一句，總能深深的影響她。他們又一次重新蜜月，女孩記不得是第幾次了，可是，儘管傷痕纍纍，但女孩還是自虐的，抓緊那滿布尖刺的仙人掌，雖然掌心在淌血，但她還是選擇愛下去。

「春夏冬暖，多需要有你的陪伴，此刻我一個人習慣孤單。」

男孩又要飛回外國了，臨走前，男孩哄女孩，買了給女孩的機票，讓女孩在兩人重要的日子能飛到他身邊，共度數天愉快的時光。

你可以想像到女孩有多興奮嗎？

女孩是好好好好開心，然後期待著那重要的日子。時間過得很快，終於來到了日曆上標誌的日子前夕，男孩忽然找女孩，「我計畫在外國永久居留了。」

男孩決定不回香港了，因為在外國，他的天空會更闊。他不想女孩到外國陪他，言下之意，他在女孩和前途之間的選擇，已經有答案。

理性上，女孩好替有上進心的他而高興，可是，感情上，女孩真的好痛。

常幻想與你的將來，而你也積極規畫，可是你Plan的將來，卻不包括我。

「愛最痛的呼喊，是不能夠再重來，多年後，我卻牢牢記在腦海。」

女孩好希望，男孩能找到自己的天空，但另一邊，女孩已捱不住了，捱不住這份劇痛的愛，女孩想放手了，可是，愛得久了，連手如何能放也遺忘了。

女孩深深愛著他，他也有愛著女孩，可是，他愛自己，比女孩多一點吧？

在尋找幸福的道路上，女孩迷路了，她蹲在路邊，把自己縮得愈小愈好，她根本不知道自己要往哪走，也不知道如何能逃過追趕她的痛。

在這裡，想給妳說一個小故事。

一個小孩，一天在家中，不知怎麼，把手伸進名貴的花瓶裡，手被卡住了，退不出來，於是，他大哭。在廚房的媽媽趕到，見狀，大驚，在情急下，媽媽決定把花瓶打破。

花瓶應聲就碎，小孩的手終退了出來，可是，小孩卻握著拳頭。媽媽奇怪，於是打開小孩的手心，她發現，小孩正緊握著一個錢幣不放。

原來，小孩的手之所以卡在花瓶裡，是因為他想拾回花瓶內的硬幣，故緊握拳頭，不懂放開手。

如果，小孩懂放開手，那麼，可以避開打破花瓶嗎？

愛得累了，就要學懂放開手，當愛情的水分早被抽乾，妳再翻熱也徒勞。

「幸福再來，我依然會充滿期待，找回愛最初的幸福港灣。」

PS.介紹一首較冷門的歌，我想你會喜歡，泳兒的〈原來愛情這麼難〉。

Chur

在戀愛的你，是chur[6]人，還是被chur的那個？

記得去年看《天生愛情狂》，張智霖與劉心悠，演繹了一段病態的戀愛。女孩會病態的，不斷覆查男孩的位置，正在幹什麼，與誰在一起，用盡方法，chur。

男孩終於因壓力太大而爆炸。「妳次次這麼chur一個人，你不累？」

女孩的回應比男孩更激動。「我不是chur你，我是愛你呀！」

到底是愛你，才要chur你；還是chur你，才是愛妳，有時候真的分不清楚。

有些情 ，會翻查對方的手機、電話紀錄、SMS、WhatsApp，就連最近幾天拍得照片，都以地毯式的搜索。

一旦發現不妥，罵戰隨即展開；找不到可疑之處，一句「算你啦！」，背後仍然是滿腹的懷疑，覺得對方仍有事瞞著她。

「情人當然愛情人，長和深不要去問，纏綿怎可給催促誕生。」

被chur的人固然會抱怨，沒有人會喜歡自己像犯人般，二十四小時被監控，行蹤如向家長交代，定時定點要報到。如此被chur，壓力不大？有鬼。

但被chur的人可有想過，chur，其實和「安全感」是分不開的。

安全感不足，自然會怕失去他，只有chur他，要無時無刻確定他的心沒有變，才能捱得住因安全感不足而帶來的徬徨感。

可是，愈chur，愈抓不緊；愈想抓緊，他愈走得遠。

「是我，共你逼得太緊，你間中想一個人，跟你早應該要，如遠若近。」

安全感是一張純白的紙張，每當遇上不信任的事，紙上便被劃上一道痕，痕跡難以抹去。

有第一次失信，便容易有第一次不信任。

安全感，易減難加，要在失信後，重新取得對方的信任，需要雙倍的努力。

「如我知錯，可否乃念最初，再苦都快樂過，要告別懲罰我，怎可。」

可是，往往在你好想努力，去爭取信任時，對方就是不信任你。

明明沒說謊，他就是覺得妳在騙他；明明沒做錯，她就是覺得你於她有愧。

然後，當你再受不了如此chur你的她，信任久久未能重建之際，便容易晦氣的放棄想分開。

這不是大家想見到的，卻在一手造成的結果。

「你，太重要，使我淚亦落得多，見要見得多。」

他被妳chur，他壓力大；但妳chur他，妳壓力更大。

當他不在妳的視線內，忐忑可以不受控制，徬徨可以不斷放大，支撐不了，又拿起電話WhatsApp他，再盯著上線了的他如何回覆妳。

他沒回妳，妳會傷心；他簡短回妳，妳不滿意；他詳細回妳，妳又覺得他有古怪。

這樣子，妳不累嗎？

Chur與被chur，最大的分別，是前者以為愛他就要抓緊他，後者認為愛她就應信任她。

「我，我願意改過，懶計較清楚。」

她chur你，你抱怨；但她不找你，你又覺得她不關心你。

太嚕囌，便會chur；欠關心，又覺凍。

兩人之間的距離，是一門學問。

當發現chur他，會令妳疲累不堪，嘗試放鬆點，給大家呼吸的空間，可能對戀情更健康。

覺得被她chur好痛苦，細心想，是否自己沒有給她安全感？正如電影中，女孩的一句，「安全感是雙向的，我沒有就是沒有，是因為你沒有給我。」

建立信任，給她多點安全感，能否令你逃離被chur的漩渦？

愛情，真是一門學不完的學問。

「青春不怕被蹉跎，自尊心都放開，認錯。」

*6 急，趕，緊迫。説某人在一段關係中「好chur」，指某人要求情人經常在身邊，不讓對方透氣，要霸占對方的一切。

彌留的

每段錯失的愛情，總會經歷過彌留的時光。

彌留，是大家都想說分手，卻說不出口。

然後，在漸漸流失的暖之中，一直拖。

直到，心跳不暖，掌心退熱，把最後一滴淚也用光了，戀情才宣告死亡。

「還未戒掉，他留下給我那動魄驚心。」

分開，從來不是一個容易下的決定，不到真正分開的一刻，你不會知道自己有多不捨得。

有人喜歡把「分手」掛在口邊，動不動便說分手，然後嚇得對方死去活來，拚死要挽回瀕死的愛情。

但他可知道，每說一次「分手」，就等於在妳的心坎割一刀？

愛情瀕死，救第一次，會感動；救第二次，會珍惜；救第三次，會心碎。

「心灰了還未碎，心死了還在醉。」

心在痛，卻能對他笑，為了他高興，連自己的痛覺也可以藏起來。

愛情，是兩顆心同時的跳動，要維繫一段窩心的戀情，雙方都要貼心。

如果，只有一方去犧牲，另一方不願去付出，不對等的投入，會令這段戀情失去應有的平衡。

吵架了，最先哄回對方說「對不起」的，並不一定做錯，只是，妳太愛對方，願意犧牲自己的尊嚴，來留住那很愛的他。

「未會信什麼擁有等於失去，無情地對世界說他算是誰。」

愛情來到彌留的階段，想走的那方，態度會開始不再著急，有氣無力，他甚或會在心底訂下限期，如限期屆滿，戀情未見曙光，便乾脆放手。

但他可知道，手一鬆，另一方，會墮進萬呎懸崖裡？

愛他，所以妳會盡力挽留，但他既然選擇走，妳怎樣痛，他也不會留。

他這麼壞，不值得妳愛，但妳愛的，正是這麼壞的他。

人非草木，心，被割了十數回之後，細心想，為他忘記了如何去笑，為他流下超負荷的眼淚，為他而沒有了真正的自己，值得嗎？

那正在掙脫妳的手，抓握又有何用？

學懂好好疼自己，做個有痛覺的人。

「回頭就算認錯，還好，錯得很對。」

當電只餘 1%

能令我們忐忑的其中一件事，就是手機沒電。

從前那支諾基亞，跌落地時雖然會造成凹陷，但充足電後足夠用數天；現在iPhone出門口時電有100%，但一趟車程已用了你30%，我們會埋怨智慧型電話耗電，但細心想想，自己看車外的風景多，還是看屏幕的Facebook動態多？

當右上角的電池圖示僅餘數%電時，我們會想盡方法不讓它昏迷，包括關閉3G、亮度調到零、四處找插頭、找朋友求助：「你有無帶尿袋[7]？」

但其實，我們為什麼害怕手機沒電呢？

回想諾基亞的年代，我們不太擔心電量會耗盡，因為儘管我們全天候在玩「貪吃蛇」，它也貪食不了你多少的電量。就算是沒電了而關機，我們可以待回家才充電，除非有急事聯絡，不然電話沒電，真的不是什麼大不了的事情。

可是來到智慧型手機的年代，我們每刻都要掌握最新訊息，哪管是緊貼那些WhatsApp Group的留言，還是看誰在Facebook tag了你的相片，都要立即知道，慢一秒也不能。每刻的任務，就是要開啟WhatsApp和Facebook這些程式，以消滅它們右上角紅圈的數字提示。

其實我們真的是這麼繁忙嗎？

回想從前智慧型手機未流行之時，每趟車程都可以好有營養，隨身帶本書，足夠消磨至回家；MP3機內有你精心挑選的歌，有些歌重複聽幾次也不厭；看著車窗外風景發白日夢，看似發呆，卻能夠突然想通某些煩惱。

現在手機沒電了，要你搭一個小時的車會很難捱，是因為有重要的來電要接？不是。是因為不能病態的loop Facebook的動態消息？是因為不能把握玩Candy Crush的時間？還是因為不能看影片便難以度過車程？

還是因為，我們害怕手機沒電而關掉後，就會與世界隔絕。是從什麼時候開始，當我們的電話與互聯網保持聯繫，就像是有一條無形的管，把我們緊緊和互聯網連接，這條無形的管就像輸送氧氣般，萬一斷掉了，我們就不能呼吸。

這條無形的管可以伸延到無限遠。從前旅行，電話收不到訊號，我們便索性與世隔絕數天，真正地享受旅程。可是現在呢？儘管沒有申請漫遊，但我們會不斷找WiFi，然後滯留在某間餐廳。最糟糕的情況，就是你的旅伴在旅行時仍然不斷沉溺在屏幕中。天啊，旅行的時光可是非常珍貴，可以把視線多點停留在值得記住的人和風景嗎？

當手機的電只餘1%的時候，你可以有無數個原因去埋怨，「蘋果真是耗電」、「舊電池愈用愈糟」，但請問問自己，你有否病態的消耗它？充滿了100%的電，並不代表要你100%的消耗它，就如愛情會從一百分的蜜月期開始，然後每當遇上波折時會扣分，當一次又一次受到傷害時，只要找到了再次甜蜜的轉捩點，就如快沒電的電話找到了充電器，然後重新開始、循環不息。

可是，當有一天，你的愛情只餘1%的電，而你不能及時找到插頭，請不要怪愛情會如電話突然關掉的結束，要怪，就怪你打從第一分鐘開始，沒有珍惜它最初100%的電量。

*7　即行動電源。

錯了

妳，試過傷害愛妳的人嗎？

一位女孩與男孩，一起數年，期間曾經異地相隔，但都捱過了。可是，到今年，女孩貪玩，與另外一個男生曖昧，瞞不過男孩，但他並沒有離開女孩，只要她斷絕跟那男生的來往，可是心野的女孩，未能百分百與男生絕緣。

直到有一次，男孩發現女孩又撒謊，他受不了，想離開，女孩哀求，並下定決心改過，不再回覆那男生。女孩好努力，重新修補與男孩的關係，但在戀情不穩之際，那男生多番WhatsApp男孩，都是來意不善的騷擾，結果，男孩再受不了，不想再理會女孩的事。結果，走了。

女孩好恨那男生，因他蓄意破壞她與男孩的感情，可是，她更恨自己，如不是她貪玩，那男生怎會出現？她好後悔，也內疚。

但，抱歉、後悔與內疚，都不能讓妳找回失去了的那個他。

「雨，不停落下來，花，怎麼都不開，儘管我細心灌溉，你說不愛就不愛，我一個人，欣賞悲哀。」

做錯事的人，總會心存僥倖，瞞得對方一次，便一次。每當成功瞞過對方，鬆一口氣，然後，又下一次。

害怕嗎？當然怕，尤其當對方知道後，一定會傷心，所以，才一直瞞下去吧？

但，世上哪有可以一直瞞下去的事？

每瞞過一次，傷害便累積多一點，這次不結帳，但總會有一次，你要連本帶利的償還，那時候，是哭紅了眼睛的她，和你在缺氧的空氣中對峙，只欠她一句：

「你想瞞我，瞞到幾時？」

而你，想開口，卻無聲。

「愛，只剩下無奈，我，一直不願再去猜，鋼琴上黑鍵之間，永遠都夾著空白，缺了一塊，就不精采。」

有誰沒試過犯錯？重點是，你有沒有珍惜原諒你的人。

最愛你的人是誰？是不是，那原諒你一次又一次的她？每次你犯錯，她都原諒你，當你以為沒事了，殊不知，原來她每原諒一次，都不過是用愛，來抵銷痛。為何能忍耐你這麼久，是因為，她太愛你。

但，多大的愛，也總會有用盡的一刻，當愛都用光後，再不是原諒，而是離開。

「緊緊相依的心如何Say Goodbye，你比我清楚還要我說明白。」

男孩離開女孩好一段時間後，男孩傳了個短訊給女孩。

男孩說，這段時間，一直都好掛念她，也一直很傷心，但，男孩覺得，終於到重新起步的時刻。

重新起步，並不是重新開始，而是，我背著妳，開始起步走，妳，會看著我的背影，愈來愈遠，愈來愈小，直至消失在妳視線。

從前，以為你說離開我，是說笑，是嚇我，但原來到你真的要離我而去，才驚覺，我是如此不能失去你。

當你感覺後悔的時候，往往已經是無可挽救，諷刺的是，你在還可以挽救時，卻任由機會溜走。

男孩決定要走了，女孩好痛心，她願意改、願意讓、願意用一切的努力，只希望留住他，可是，太遲了。

就如考官已喊「停筆」，妳有多少題目未完成也好，都要放下筆桿；妳有多慌亂也好，試場的時鐘不會因妳而後退。而妳，也只能接受這份，妳明明可以好用心機去完成、卻錯失了取得好成績的考卷。

如果你是男孩，你會願意多給她一次機會嗎？

從字裡行間，我感受到，女孩真的好後悔，而她這刻，知錯了，你，願意給她一次覆卷的機會嗎？

說不定，她的成績會突飛猛進呢?!

「冷冷清清淡淡今後都不管，只要你能愉快。」

再一次

「我想不通，」女孩哭得好慘，「為什麼一睜開眼，你就不是我的了？」

《被偷走的那五年》裡，謝宇（張孝全）與何曼（白百何）新婚好甜蜜，但在蜜月旅行時遇上車禍，何曼一覺醒來，時間竟已推後五年，這五年間，她與謝宇離婚，更與最要好的朋友反目，但她一點記憶也沒有。

上天把她的記憶，停在與謝宇仍在最甜蜜的時光。昨天，還在度蜜月；今天，已一刀兩斷，是幸運，還是殘忍？

何曼與謝宇弄得離婚收場，當然有因，只是，失去了悲傷回憶的她，固然想不通她為何跟他會分開，這就像，在每段愛情的起始，你根本不會幻想結束。

「不，這刻我和他好甜蜜，我相信，我會和他一直走下去。」妳不信。

妳不信，但殘忍的是，世上很多事情，都不在我們的控制範圍，儘管我們深信能與對方一直走下去，但上天總會安排不同的考驗。

這些考驗，或減退我們的熱情，或削弱彼此的信任，或凝成對他的不滿，然後，沒有握緊他掌心的妳，手在不經意間鬆開了，然後，便理所當然地走遠了。

兩人在一起，除了用愛來維持，還要並肩戰勝上天的考驗。

每對情侶，都是彼此的戰友，是因為，妳和他，要守住最初的約定，必須要經過際遇的歷練。

捱得過，自然白頭到老；捱不過，自然失散在途中。

「時光隧道，傳來回音，請你聽一聽，那是我們當時，幸福約定。」

常在想，如果時間能回撥至某一秒，多好？

每段愛情，都有我們最懷念的時光，那時候，每句說話，每個表情，每次接觸，都是甜甜的，就像一件新買的白襯衫，白得耀目，妳好喜歡穿，還穿個不停。

可是後來，白衫開始有點污跡，顏色不再那麼白，布質也隨著摩擦而耗損，雖然可以拿去洗，但，每次洗完後，耀眼度也在減退。

洗這個過程，像每次吵架過後，彼此都不捨的擁抱。妳不能寄望洗，能讓戀情回到最初，因為，總有一點點的污跡，夾雜在戀情中。

我們能做的，是盡力珍惜這戀情的白，小心地保護它，和，慢慢接受它變得沒那耀眼。

只要不讓它變灰，那麼，我們還是有幸福起來的可能。

「有些人，在心底從來沒忘記，有些事，有些夢，還找不到謎底。」

我仍然愛著你，可是，你身旁已經有新的她。

我不能怪你，你找新的她，可能是因我沒有好好留住你。

但，如果我能抹掉了那不愉快的回憶，你可否跟我一樣，一起失憶，然後一同回到我們的最初？

我說的失憶，是自私的失憶，只記住最甜，把苦澀抹掉。

如果可以這樣子的選擇性失憶，你說，多好？

「我們真的可以重新開始嗎？」在劇裡，男孩問女孩。

如果可以，讓我們，再一次心跳，好嗎？

可惜，愛，沒有如果。

「有些話，愈欲言又止，就愈是動聽，讓我們靠近，想悄悄告訴你，多愛你。」

PS. 電影好感動，哭腫了眼睛，唯獨，不太喜歡這結局。

《被偷走的那五年》主題曲，范瑋琪的〈悄悄告訴你〉。

http://www.youtube.com/watch?v=nfgBm4bSHnE

想 妳

曾經，傻氣憧憬，我們會再走在一起，可是，當日曆本隨年月漸薄，憧憬也隨歲月飄遠。

一直以為，我們會理所當然的重聚，我甚至，沒有承認妳走了，覺得妳只是偶爾鬥鬥嘴、耍耍脾氣而已吧？

怎麼，妳是來真的？

以往，我把聽到妳消息的機會，交給Facebook的隨機運氣，由它安排我是否看到，如果，妳近況是苦的，我會自責；妳近況不錯的，我會沒那麼內疚。

可是，有一天，我忽然發現在動態裡，再看不見妳的近況。

我忘了多久，沒主動看妳的Facebook了，因為，在動態裡偶爾看到，再按入妳的Facebook，會有藉口說服自己，我，只是順道想起妳。

我納悶，也有點怕，於是鼓起勇氣，在搜尋列，鍵入妳的名字。

搜尋列，顯示了妳的照片，很好，我找到妳了，但怎麼，多了一句「共同朋友」的提示？按進去，我發現，Facebook正諷刺的邀請我，把妳重新「加為朋友」。

原來，在我想妳的時候，妳早就不想再想我了。

「最怕空氣突然安靜，最怕朋友突然的關心，最怕回憶突然翻滾絞痛著不平息，最怕突然聽到你的消息。」

分手初期，明明都在掛念對方，但，這份思念，往往敵不過兩人間的夾縫。

妳未能原諒他那過失，你未能忍受她那無理，結果，彼此各不相讓。

「如果，你願意低聲下氣的跟我道歉，我就原諒你。」是兩人相同的想法，也因妳和他太相似了，以同一個想法，支撐自己不去找對方，誰都不願低頭，誰都不願吞這口氣。

起初，根本沒想過會真的分開，還故作輕鬆，心想：「你過兩天便會找我了。」

想不到，兩個人的關係，看似穩固，原來卻是，脆弱不堪。

當你忽然醒轉，抬頭看看秋葉。「已經一個月了。」

再眨眼，天冷時，沒人在旁擁抱妳。「已經半年了。」

原來，我們竟然分開了。

然後，我開始掛念妳了。

「想念如果會有聲音，不願那是悲傷的哭泣，事到如今，終於讓自己屬於我自己，只剩眼淚，還騙不過自己。」

如果，做一個決定，可以不理任何後果，我想，現在就見妳。

我好想知道，離開妳以後，妳的日子怎樣了？沒有我在旁，妳遇上委屈時，是怎樣捱過的？我好想告訴妳，在沒有妳的時間，我是怎樣度過的。

真諷刺。

如果我真的如此疼妳，那怎麼最初要跟妳分開？

如果，我是因一時之氣而跟妳分開，那麼，我們之間，便夾雜著遺憾，氣會消，但思念卻不減。

然後，我在想，如果下一秒，忽然要離開這個世界，那麼，在閉上眼簾、視線變黑前的一瞬，可以跟妳說一句嗎？

「我，好想你。」

「突然好想你，你會在哪裡，過得快樂或委屈。」

男孩未必因和妳分開，而呼天搶地，但不代表他，內心不悲傷。

妳的離開，令我受內傷的撼動，表面看起來沒事，但內裡的痛已夠絞心。

淚，並不是女孩的專利。你沒看見我哭，只因我不習慣公開地落淚。

當男孩傷心到一個極致，他根本就不會哭，但他的眼淚愈少，打擊卻愈大。

欲哭而無淚，內傷眉不皺，是男孩愛逞強的演技。

就像，我沒有口說想妳，但事實上，我真的好想妳。

到某一天，妳忽然記起我了，妳偷偷瀏覽我的Facebook，妳發現，我轉貼了這篇〈想妳〉。

妳會猜想，這個「妳」，是妳嗎？

妳知道的，我想起誰，妳怎麼會不知道？

畢竟，我倆，曾經是同一個人。

我衷心祝福妳，希望，妳過得幸福。

讓我，繼續在遺憾中愛著妳。

「突然好想你，突然鋒利的回憶，突然模糊的眼睛。」

PS. 在靜靜的圖書館，聽著五月天的〈突然好想你〉，敲下最後一個字，
鼻子有點酸。

回 程

每段多不捨的旅行，都總要回程。

最幸福的回程，莫過於依著他的肩，一同重溫數天來的照片，不論是味道的記錄，還是兩人扮鬼扮馬的無聊照，拍攝時會怕拍太多了，但重溫時卻嫌少。

「妳看，拍得妳多漂亮？」他指著影得妳囧的照片來笑，妳沒好氣，嚷著要delete，但這些妳喊著要delete的照片，日後卻可能變成教妳落淚的回憶。

回程中，他忽然拖緊妳的手，妳奇怪，「怎麼了？」

他淡然，「沒什麼。」

其實，男孩心底甚不捨得這段旅程，但，男孩的不捨，通常收藏於心底，就如他不捨得某段舊愛，不會移之於口，但會在細膩的動作間透露。

「天空灰的像哭過，離開你以後，並沒有，更自由、酸酸的空氣，嗅出我們的距離，一幕椎心的結局，像呼吸般無法停息」

第一次計畫與他去旅行，所做的research，比你在學校做的present更仔細。

從機場往酒店的交通，想booking哪間酒店，最想到哪裡玩，景點的門票費用，每天的行程安排，還要計算他賴床的時間，不得了，還是寫下來比較容易記得。

好用心安排，務求填滿整段旅程的每秒鐘，希望每秒鐘都過得充實而開心，是因為，跟他去的旅行，期待已久，你希望，這次旅行是難忘的，也成為跟他的共同回憶。

的確，與一個人分開以後，其中最令你難忘的，是你跟他去過的旅行。

「抽屜泛黃的日記，榨乾了回憶，那笑容是夏季，妳我的過去被順時針的忘記，缺氧過後的愛情，粗心的眼淚是多餘。」

當她向你遞上數天的行程，看似是一張簡單的A4紙，背後卻不知花了多少晚的心機，和，她幻想你玩得像個小孩般的樂透模樣。

她樂意為你打點一切，只求你在這幾天樂透。不懂那國家的語言，她找翻譯；不明白怎樣買動物園門票，她找人問；擔心點與點之間的交通，她找遍網絡上所有資料。

重視旅程的一方，通常比較愛對方。

可是，你可有欣賞過，對方為彼此的付出？

當人家為你plan行程時，你不曾在意；到你為其他人plan行程，卻未被欣賞，你便會明白，原來，背後付出了心機，而對方不屑一顧，感覺是如此委屈的。

「我知道妳我都沒有錯，只是忘了怎麼退後，信誓旦旦給了承諾，卻被時間撲了空。」

能重遊同一個地方，卻未必和同一個他回程。

往機場的車程，看著車窗外的景物往後退，回頭看看身旁的坐位，空蕩蕩的。

是呀，你不在了。

你在的話，我必定會抓著你，「好不捨得這裡呢。」

「下次再來吧。」你笑得好溫柔。

每次的回程，都期待下一次的啟程，可是，下一次，並不是必然，我只能夠抓緊現在於眼前的你，和，珍惜仍握在手的時光。

珍惜每次的回程，讓那段旅程的溫馨，擁有一個甜蜜的結尾，再放在心裡一輩子，好好收藏，起碼，重臨舊地，我憶起你的，是暖，而不是痛。

「最美的愛情，回憶裡待續。」

強悍

一位女孩，在其他人眼中，是一個女強人。

她位居要職，平日在公司裡，運籌帷幄，每一個決定，都影響公司的方向。工作能力強悍，但，卻像嚇怕了不少男生，不敢與她親近。

為了擔任好領導的工作，她不得不強悍一點，但，她的內心，卻是一個具孩子氣的女孩，也渴望被疼愛的感覺，但，隨著時間的流逝，她，也有點擔心了。

如果，我把我的所有，都放在事業，那麼，我的幸福會悄悄溜走嗎？

很多朋友都讚賞：「妳很好呀。」但，如果我真的那麼好，為什麼我還是自己一個人呢？

「從頭熔掉我多災的信仰，鑄造更光更亮，淋過冷水，也等得漫長。」

女孩並不是沒有拍拖，她有試過跟不同的人一起，可是，不覺得那是戀愛。她要的好簡單，是一段讓她的心重新跳動的戀愛。

直到，她遇上了那男孩。

男孩比她年齡小一點，職位不及她高，但這不是重點，男孩比女孩成熟，也好懂得她的心，於是，女孩開始重拾了亂撞的心跳感覺。

男孩的陽光，融化了女孩的冷漠，在工作上，女孩依然強勢，但，對著男孩時，頓時柔情，在他面前，女孩才敢透露最自然的自己。

其實，我也不是這樣強悍呢。

「我變做了鋼鐵，但未完全勝利，無人晚上會記起。」

可是，她和男孩只屬好朋友，也因兩人的投契，令彼此都好喜歡對方，但這份喜歡，不足以讓他們成為戀人，雖然，每當女孩跟他聊到三更半夜，每當女孩失落時有他的鼓勵，每當女孩難過時有他的打氣，這些畫面，都像他們已走在一起。

這種帶著微甜的時光，直到一天有所改變，男孩告訴她：「我遇上喜歡的人。」

女孩聽後，心跳像頓時凝固，幸好在工作方面，早已有面對千軍萬馬而不形於色的歷練，她帶著自信的微笑，「情況怎樣了？」

女孩心有點痛，這就像，還未開始，便失戀了。

後來，男孩順利地與另一個她開始了，而女孩與他仍然是朋友，或，女孩認為可與他做回朋友，但，女孩像高估了自己的抽離能力。

她理性判斷，自己有說走就走的灑脫，可是，實際執行時卻遇上困難。

「根據計畫，我第一個月，要把跟他的電話聯繫，減少至50%；要把對他的思念，逐步調低至安全水平；我的獨立程度，需要在一個季度內，重新攀升至A⁺。」

但，愛情，真的能像工作般制訂計畫嗎？

任妳的計畫多仔細、時間表多精密，但，不代表妳能逐一完成它。

別用理性，應付感性，這就像妳拿菜刀去打羽毛球，妳用錯工具了。

「我都想可以脆弱到，彷似瓷器，極易碎那顆心，就如玻璃。」

她清晰知道，要把賴著他的習慣撇掉。

開始控制自己，不在意男孩會否回覆短訊，不介意男孩不再約她吃飯，每次男孩關心她，她都會跟自己說：

「我們只是朋友，只是好朋友而已。」

就連到外國出差，刻意跑到老遠買的紀念品，女孩也刻意輕描淡寫，「順手而已。」

要保持彼此的關係，但不能著跡、太過火，我怕你會知道我喜歡你，然後，你會跟我絕交。

不喜歡你，不能開始當朋友；太喜歡你，不能繼續做好朋友，真矛盾。

但，我知道怎樣做了。

面對公司多繁重的工作，案頭多複雜的文件，競爭對手多黑暗的手段，我也能保持平靜的節奏，更何況，是忘記你？

逐步減持對你的思念，讓我能無損的安全退場，在這複雜的商業戰場裡，容不下這柔情弱勢的小女子。

就讓我繼續強悍下去。

繼續飾演他人眼中的女強人。

「若我得到常人，戀愛運氣，又哪用鐵金剛，一雙鐵臂。」

PS. 我欣賞的何韻詩〈鋼鐵是怎樣練成的〉。

CHPATER5

走散

變化，往往在你不以為意時出現，
當察覺時，已無能力改變這變化。

關係

一位摯友跟我說：「我最不喜歡的，是關係變差的感覺。」

「誰都不喜歡關係變差吧？」我皺眉頭。

「不，不只這麼簡單。」她說時，連表情也苦澀。「明明是一段好好的關係，由好變差，彼此的喜歡，變成後來的討厭，這變化真的好討厭。」

聽後，我默然，因為她說的話看似簡單，但，卻道出人與人之間，關係的脆弱。

就如，曾如此相愛的兩人，最後竟如此痛恨對方，甚至，老死不相往來。

「誰還記得，是誰先說，永遠的愛我。」

如果你有機會問她：「妳想不想討厭我？」她可能答：「不想。」我相信你的答案也一樣。

可是，我們卻回不去了，回不去關係最親密的時光。

為什麼彼此都不想討厭對方，卻不能再重聚？

因為，只有討厭你，我才能不會記起你的暖。

「以前的一句話，是我們以後的傷口。」

可知道，當我記起那時親密的你，再對比這一刻疏離的你，我的心有多痛？

到底問題在什麼時候出現的？我們不是都一樣喜歡對方嗎？為何這份「喜歡」會在不知不覺間流失了，連自己也難以察覺？

「喜歡」就如吃一頓Pepper Lunch，不管鐵板多熱，你都要把握時機，不斷把牛肉翻炒，這樣子，肉才會熟。不然，當鐵板冷卻後，任你再用力炒，也不能把生肉炒熟，因為，你錯失鐵板最熾熱的時機。

鐵板的熱，只是新鮮感帶來的假象，任何戀情都需要用心的經營，新鮮感不能把你們送入教堂，要維持甜蜜的關係，一定要雙方都努力，雙向的付出，錯失時機將肉由生變熟，就如兩人未能將「喜歡」升華為「愛」。

「過了太久，沒人記得，當初那些溫柔。」

我們都經歷過這時光吧？一星期七天也想見他，而他也同樣的想見妳，那時候，見多久也不會厭。

最甜蜜的關係，莫過於這時光。

可是，手握得緊，會累，總有一方會先鬆開手。鬆手，未必代表不愛，而是溫度從沸點降回恆溫，可是，仍在沸點的妳，會不習慣冷卻了的他。

然後，當他開始不找妳了，妳便會著急地找他。可是，找，這個動作是累人的。當妳發覺，每次都是妳找他，而他沒有積極找妳時，妳便會洩氣，然後，妳可能會像他一樣，開始懶於找對方。

相處是一面鏡，他笑，妳會開心；妳哭，他會傷心；他冷，妳會更冷。冷了，連找他也懶，起初是一天，後來可能是兩天，然後，不知不覺間，妳和他之間的關係也變得有距離。

後來，可能他會抱怨，為何妳近來少了找他，但他卻記不起，到底是誰先冷落對方。而他想回暖時，可能妳的心又冷了。這正是愛情諷刺的地方，對的人，往往在錯的時間才回頭。

關係，是一件很脆弱的東西，可以因見面少而扣分，可以因溝通弱而退溫，除非是已真正走進對方心扉的人，不然，只要有丁點兒不安全感，都足以讓關係在不經意間變差，不只是愛情，友情如是。

說得對，關係變差的感覺，真的很討厭。

「我和你手牽手，說要一起，走到最後。」

PS. 林俊傑的歌，很有感覺，這是有人推薦我聽的歌〈記得〉。

對 不 起

如果，秒針可以重返某一秒，給妳跟某個人說句「對不起」，妳會希望這句「對不起」，能重回哪時哪刻，跟誰說？

一句未能說出口的「對不起」，會積壓在妳心，成為一道傷口。繁忙的生活，讓妳可短暫避開傷口的痛，但，每當夜深人靜，妳的思緒總會再停留在往日的傷口上。

「愛上了，看見你，如何不懂謙卑。」

Sam有一句未能對Zoe說出口的「對不起」，這份壓在他心頭的內疚，令他一直迴避這個傷口，甚至對年希撒謊。「Zoe是死於我的懷中。」他，一直不敢面對這份內疚，直到跟他亡妻一模一樣的夏晨，主動問：「你是不是有事想和Zoe說？」

男孩被刺中心底最痛處，他，真的有很多說話想跟Zoe說。

「我給你一點時間，」夏晨走前一步，「你可以把我當作她。」

男孩往前一步，看著女孩，欲言又止，然後苦澀的吸了口氣。「對不起！」鼻子開始酸，淚開始打轉。

沒有多少人能有這運氣，可以有機會，把錯失了的話說出來。

「對不起」三個字，看似簡單，但背後，不知蘊藏了多少心痛的碎片。

如果，給你一次機會，再站在她面前，說出這看似簡單的三個字，你猜，她會原諒那刻在淚流的你嗎？

「天氣不似預期，但要走，總要飛，道別不可再等你，不管有沒有機會。」

女孩看著哽咽中的男孩，「我是否應該要說，我原諒你？」

「其實，是我原諒不了自己。」男孩呼了一口氣，不讓淚流出來。「對不起。」

「如果是這樣的話，我幫不了你，」女孩也有所觸動，「只有你才能幫助自己。」

女孩說得對，只有你自己，才幫你自己。

當內疚，把你困在某個時空，你不斷逃走，卻走不出內疚的陰霾，然後，痛繼續包圍你。當苦無辦法解決之際，才發現，原來一直只是在原地跑，你，根本沒有向前真正的站一步。

「給我體貼入微，但你手，如明日便要遠離，願你可以，留下共我曾愉快的憶記。」

原諒不了自己的你，有沒有想過，當天曾遭你狠狠傷害的她，其實，早已原諒你。

應該說，儘管她有多痛，卻沒有把痛化作對你的恨。

只是，她愈不恨你，你卻愈恨你自己。

我們都好想做一個好人，可是，竟然曾有某一刻，我們的內心變得如此陰暗，在傷害她的時候，我們有千百種理由，說服自己的決定是對的，可是這些理由，全是藉口。

當一個好人，必須先經歷內疚；要經歷內疚，便要傷害過一個愛你的人。

當夜深人靜，抬頭望向夜空，可有想過，對誰有遺憾？

「對不起！」

「當世事再沒完美，可遠在歲月如歌中找你。」

PS. 看《衝上雲霄》吳鎮宇這幕戲時，我在一間智障人士的家舍當實習社工，舍友可愛的問我：「鄺 sir，你為什麼眼睛溼溼的？」我笑。「當有一天，你們經歷過內疚，便會明白。」他們，繼續哈哈大笑，其實，世界簡單一點，也不錯。

以前

十年，不只是《衝上雲霄》，還有蔡卓妍和鄭伊健的《我老婆唔夠秤》。

第一集上映時，只當有點胡鬧的喜劇來看，笑完，也忘了。猜不到十年後有續集，也猜不到竟有喜出望外的感動。

上集，Yoyo Ma（蔡卓妍飾）和十三張（鄭伊健飾）不理全世界的反對而走在一起；續集，老婆已成年了，然而，兩人面對的，是婚後的現實，和退溫了的感情。

好深刻的一幕，是Yoyo以為十三張墜海，二話不說便跳進海救他，但不擅游泳的她反而溺水了。Yoyo雖被救起，卻病倒在床，十三張為了讓她暖和，用棉被及自己的身軀緊抱她，就像十年前，女孩病倒時，男孩為她取暖的方法。

「好點嗎？」男孩緊張的問。

「不，」女孩更凍，「一點也不暖和。」

「以前都可以，」男孩抱得更緊，「現在也可以。」

「不是以前了，」女孩哽咽，「我不再是以前的十八歲了，而你，也不是以前的十三張了。」

女孩道出了殘忍的一句，不是以前了。

「我知道妳我都沒有錯，只是忘了怎麼退後。」

明明是同一個人，但感覺會隨經歷後而有變化，就像把一杯水雪成冰，解凍後再喝，明明是同一杯水，味道也有所不同。

變化，往往在妳不以為意時出現，當察覺時，已無能力改變這變化。

就連曾令妳暖的擁抱，經歷過傷害後，也沒有以前的暖，儘管抱得再緊，也暖不入心。

男孩未必能明白，因典型的粗心，往往會忽略了微妙的細膩，「哪有不同呢？」

不，是不同了，只是你未察覺得到。

「我知道我們都沒有錯，只是放手會比較好過。」

心，有今天的痛，全因昨天的甜；以前有多甜，這刻便有多痛。

為了止痛，所以我們回憶甜，可惜，昨天的糖分，不能超越時空來到妳今天的心理，於是，愈痛，愈想回憶，但愈回憶，就愈痛。

錯不在妳，也未必在他，而是，那段僅屬於妳和他的以前，當雙方都不願放手，又不能抱緊，混雜痛與暖的畫面，便令妳難以舉步向前。

電影中，女孩曾說：「兩個人，遇見，未必相識；相識了，又未必相愛；相愛了，又未必能留住；留住了，未必能忍受；能忍了，又未必會白頭到老。」

要和那個他白頭到老，除了緣分，還要有運氣。

他和妳走散了，未必是愛不夠，可能是際遇和時間錯了，但如果妳和他真的有緣，待運氣來到，或許能白頭。

電影末，女孩消失，男孩在「一百個即將消失的地方」，找到女孩行蹤的線索，然後男孩趕到那地方，可是，因一場海嘯，那地方消失了。

當我們滿心以為某個人會停在原位等你，對不起，當地方也會消失，更何況是人？

有多少人只活在妳的以前，卻已消失於現在？

如果能回到以前，避開錯處，重新愛過，多好？

「最美的愛情，回憶裡待續。」

PS.周杰倫〈退後〉:「天空灰的像哭過，離開你以後，並沒有更自由。」

回憶中旅行

總有一段旅程，是屬於你，和她。

好喜歡去旅行，因為旅行，是放下這個城市的煩惱，跟那個人，在其他地方，建立專屬你和她的回憶。

暴走在台北的夜市，上一塊雞扒未吃完，便吃下一口的臭豆腐；迷路在泰國的跳蚤市場，任何平價貨品都可以成為戰利品；留戀澳門的大三巴，葡式蛋塔、杏仁餅、豬肉乾，好想通通帶回家。

但最重要，還是在妳身旁的人。

妳永遠忘不了他那稚氣的表情、忘不了他如何牽著妳的手穿過人群、忘不了他和妳曾在那一個地方留下合照。

「卻說不出你愛我的原因，卻說不出你欣賞我哪一種表情。」

在外頭從日逛到黑，筋疲力盡，但回的，不是自己的家，是酒店。一進房間，把鞋子踢得東一隻、西一隻，再大字形撻落床，不理了，先睡數分鐘。

他沒妳好氣，替妳整理鞋子、整理戰利品、開電視、煲開水，然後看妳肯爬起床去洗澡了沒，再幫妳開定熱水，讓妳來個舒服的浸浴。

你是撻落床的，還是會細心照顧對方的那個？

一對情侶，總有一方，會懂照顧對方多一點，而另一方，總會愈來愈依賴。

然後，照顧的，會默默讓對方暖；依賴的，會漸漸理所當然；。

被照顧得久了，是否連感恩的心都麻木了？

我們，有沒有理所當然的接受對方的照顧，而沒有想過，送你暖的人，她本身會凍？

「卻說不出在什麼場合我曾讓你分心，說不出，旅行的意義。」

一覺睡醒，第一眼看到她，她也剛張開眼，然後互相的一句「早安」，相視而笑，好甜蜜。

愛情並不奢侈，只要婚後，每一個早上的這句「早安」，能維持不退溫的甜蜜，已足夠。

起床刷牙洗臉，打開窗簾，天氣好，心情也好，因為今天不用上班，而是跟那個她再遊遊蕩蕩、吃頓早餐，又可出發。

坐火車，搭地鐵，乘巴士，旅行中的每段車程，都是難忘的。

車程中，你，和坐在你旁邊的她，會滿懷對目的地的期望，如果，這個目的地，兩人都未有去過，更好，因為你們正為這個空白的地點注入回憶，這個地點，將會變作你們的地方。

是一個，當那個人離你而去，重臨，便會鼻酸的地方。

「卻說不出在什麼場合我曾讓你分心，說不出，離開的原因。」

喜歡寄明信片，因為它能凝結這刻的心情，記載身處異地的你。當日後你有機會再手執這張明信片，觸碰的一刻，回憶隨之而來。

如果明信片、旅行的照片、紀念品，能把時光倒流至那段旅程的開端，讓我們再次登機、再重溫一次窩心的旅行，多好？

每段旅行，有開端，便有終結；就如每段戀愛，有開始，便有結束。

結束了的旅行，就算再捨不得，也無法重來。機場的航班指示板，再找不到你和她再次出發的班機，就算讓你重回同一個地方、同一個位置，但，身旁的，不是她，這個地方，已缺了一半的回憶。

你會不時浮現跟他旅行的畫面，是因為，那個他曾經是妳生命的旅伴，然而，旅伴，未必能成為一輩子的幸福，妳要找的，是一個能陪妳回家的人。

儘管你倆已身處在這個城市的不同角落，但對那曾結伴旅行的地方，會有著同一份感動，那裡，僅屬於你兩個人。

嗯，好想去旅行。

「你離開我，就是旅行的意義。」

PS. 猜對了，是陳綺貞的〈旅行的意義〉。

Block

總有一些人，妳永遠不想聽到他的消息。

愛得傷痕累累，要拾回遭他潑到散落一地的自尊心，block他WhatsApp，是最後挽回自尊的一個動作。

妳沒有勇氣再找他，他也沒有再WhatsApp你，與其忐忑等他的訊息，倒不如block了他，來得乾脆。

曾經與妳聊到三更半夜，滿載暖或痛的訊息，一幅幅照片和影片，那專屬他的對話框，能頓然寂靜。

「傷我或是害我都慘不過，教我記得一起幸福過。」

他未必第一時間知道妳block了他，但當他想找妳，發現WhatsApp妳後，永遠只有一個勾號，然後再看看妳的最後上線時間一直沒更新，再怎樣笨，都應該知道發生什麼事。

他或許會怨妳不應該block他，但他可知道，簡單一句「近來好嗎？」，他問得輕鬆，卻不知妳要哭崩後，才能回這個WhatsApp。

有時候，block他，並不怕他痛恨妳，而是怕他再關心妳。

關心我，就請你不要再關心我，好嗎？

「你說得真輕鬆，不愛我，別拉拖。」

如何給妳選擇，妳希望他發現妳block了他，還是，寧願他永遠不知道？

妳當然能想像，當他發現妳block他WhatsApp時的那份難受，但抱歉，這不能怪妳，因為要和過去說再見，便不能與他再相見，就像去除毒癮，只要有輕輕的再觸碰，也難以戒掉那過去的他。

有多難忘，有多難block。

「是對我好就請躲開，求你讓我安靜行過。」

最可笑的是，妳block了他，他不能再WhatsApp妳，但原來他能在跟妳共同的WhatsApp Group中繼續發言，他，仍然存在於妳和他共同的圈子中。

要他在妳的世界裡完全消音，可能要逐一退出有他的WhatsApp Group。

從前戀人分開，手續沒今天那麼複雜，起碼，你不需要跟旁人交代。但現在與她分手，從unfriend Facebook，到block WhatsApp，退出WhatsApp Group等，如此繁複的動作，圈子內的朋友定會察覺。

甚或，你會向全世界交代，更改Facebook的感情狀態，以免引起朋友無謂的猜測。

科技，讓走近變得容易，卻讓分開變得艱難。

「還能成為密友嗎？」

把他的電話號碼放在封鎖名單，看似絕情，但卻是換個方式，把他放在刻骨的位置，讓他的身影，永遠存在妳的WhatsApp中。

儘管刪去了他的聯絡資訊，block了他的WhatsApp，但他的電話號碼，早已牢牢地刻在妳腦海裡。

當有一天，妳想再WhatsApp他，按下「傳送」鍵後，WhatsApp卻要求妳「解除封鎖」，妳會解封，還是猶豫後按下「取消」，退出WhatsApp？

能block他，能把與他的回憶也一併block了嗎？

只有妳自己才知道。

「你說得可天真，不愛我，就借過。」

走失了

「杜松混合茉莉的風，回憶裡被愛那股激動。」

因為《海派甜心》，令我認識楊丞琳的〈匿名的好友〉。

喜歡看「驚世駭俗、醜不拉嘰香菇頭」，喜歡跳「達浪舞」，我想林達浪（羅志祥飾）和陳寶珠（楊丞琳飾）的故事，感動過不少朋友流淚，也逗過不少朋友笑翻。

劇中，原名薛海的林達浪，裝成窮小子，從台灣到杭州念書，經歷很多的第一次，第一次交朋友，第一次坐公車，第一次能自己拿主意點餐，然後遇上個性絕不甜美的惡霸女孩——陳寶珠，卻和她展開第一次刻骨的戀愛。

可是因一次意外的失約、一次又一次的誤會，令達浪和寶珠，在彼此的生命中走失了。達浪帶著因誤會的憤怒回到台灣，而寶珠則因意外失約而後悔莫及，三年來，她不斷去找，去找那個走失了的他。

有多少人，曾在你的生命走失了？

「一起活在這城市迷宮，提起你名字，心還跳動，卻沒重逢，只有想碰卻又不敢碰的那種悸動。」

這種走失，並不是撥個電話，跟對方約好位置，便能找回他，而是你知道他或她和你同在這個城市裡，但，你們不會再見面了。

沒有勇氣，再按下對方的電話號碼；沒有藉口，再相約對方在老地方見。

他或她，成為了你匿名的好友。

任你貼多少張尋人啟示，也不能把他找回來，因為，他在妳的生命裡走失了。

「你曾經受過傷嗎？你恨那個讓你傷心的人嗎？恨他讓你從此沒有辦法愛上任何人，失去了愛人的能力。」陳寶珠的這段對白讓我好深刻。

我們會因不同的誤會、做錯了的事、下錯的決定，錯手讓那個重要的他或她，從你的生命裡走失。

但是，在對方起步離開時，我們可有用行動留住對方嗎？

還是，你連握緊她手的力度也沒有？然後目送她的身影後，心才開始懂得痛？

「也許我們當時年紀真的太小，從那懵懵懂懂，走進各自天空。」

有時候在想，如果我們的生命是一篇word，我們可以undo，或退回到某一段補回空白，那麼，你會想在生命中哪個時刻做出修改？

如果可以再重來，你可會抓緊那天再鬆開你的掌心嗎？

「你不知道，她一直在找你，想告訴你當初來不及說出口的那一句話。」陳寶珠沒有放棄去找那個走失了的林達浪。

「就算全世界都反對，我也要跟你在一起！」

你會有這種堅持嗎？當全世界都叫妳放棄的時候，妳仍然沒放棄。朋友都罵妳執迷不悟，但，只有妳自己才知道，那個他，是否值得妳如此的不顧一切。

「不能握的手，從此匿名的朋友，其實我的執着依然執著，與你無關淚自行吸收。」

沒有人能告訴妳，這種堅持，是對是錯，是傻是笨，但是，我可以告訴妳，也是陳寶珠的一句，「當妳傷心的時候，那個人可能比妳更傷心。」

因為，真正相愛過的人，在彼此的生命走失了，就如互相也缺了一角，在妳感到傷心的時候，他也會想哭而無淚。除非，他根本沒有真正的愛過妳。

只有讓你感受過最溫柔的人，才能令你失去時痛入心坎。

尋找走失了的溫柔，要用淚水的折磨換來的，都還未必能找回那個他。但，當失而復得，你會喜極而泣，也請好好珍惜，不要再讓那個他或她在你生命中溜走。陳寶珠能夠找回走失了的林達浪，全因為她的堅持、她不放棄，和她的傻。

儘管是傻，但你至少會在生命中傻一次，但請記住，不要為走失了的太傷心。

傷心，一次就夠了。

「但所有如果，都沒有如果，只有失去的溫柔，最溫柔。」

雨傘

兩人同撐一把傘，無論外面風雨多大，只要彼此的步伐一致，儘管傘不夠大，肩膀被雨水沾溼，但心裡仍是暖暖的，因為這是難得自然的親密。

我不是特別喜歡下雨天，但很喜歡從巴士車窗看的雨景，雨水在窗上凝成水珠，使街外的景物都朦朧，車明明是向前走，回憶卻往後退。

還記得那個人為妳撐傘的畫面嗎？

跟那個人撐著傘走的那段小徑，兩人緊貼，互相感受到對方的體溫，是有點狼狽，但狼狽得好難忘。

匆匆的走進簷下，收起雨傘時，妳拍拍身上的雨粉，才發現他半邊身子全溼透了。其實大部分的男孩也會這樣子，寧願自己凍，也不願讓妳冷，在自己的能力範圍下，送妳暖。

這刻的他可能不夠錢買把大傘，但妳根本不在乎傘的大小，在乎的，是那個他曾經如何擁著妳去避風吹雨打。

天總不能每天都是晴，就像戀愛一定要有淚。

我們總會經歷熱戀，陽光刺眼；然後是恆溫，天陰想下雨；接著是埋怨，雨下個不停；不免會吵架，雷暴交加。

然而，願意為對方堅持的人，經暴雨洗禮過後，便會一起看到彩虹。

可是，不是每個人都能跟你撐一輩子的傘，我們總有不同的原因而各散東西，但真正愛妳的人，如果真的要離開，他會留下雨傘給妳，並會祝福妳，快點找到站在妳左側的幸福，希望妳不要獨撐雨傘太久。

他會守在遠處而妳看不到的地方，直到有別的男孩拿著雨傘走近妳，他才能安心地從雨中離開，就如我們偷看前度的Facebook，直到她的戀愛狀態由「單身」換成「戀愛中」，心雖然有點痛，但只要妳幸福，就足夠了。

留下雨傘，就像把經歷留下，陪著妳繼續戀愛。

第一個他或她，帶你嘗過某個地方的美味；第二個他或她，令你感受到細心的重要；第三個他或她，讓你面對過遭冷待的失落。

要感激過去每一位，因為你曾在他們身上學習如何去戀愛。戀愛就是這樣的一回事，每段學懂了一點，又會錯失了一點。

跟那個他或她在傘下捱過風雨，直到陽光出現，徐徐收起雨傘，你倆相視而笑，幸福便會降臨。

因為捱過最壞的天氣，最好的時刻就會出現。

CHPATER 6

不捨

當傷心到達一種極致，你不會再哭，
因為，眼淚已不足夠承載妳的傷痛。

問暖

這個城市不算大，卻，總是碰不到那個人。

分開以後，妳可有掛念那個他？那個曾讓妳在他的肩暖暖的睡去、曾陪妳走遍大街小巷、曾和妳在某處嘗同一種味道、曾經靜靜地陪妳走到好遠好遠的他。

短短的兩雙腿，卻結伴走過很長很長的路。

可是，有一天，兩雙腿，來到了分岔口，結果，一雙往東走，一雙往西走。

自此，他們走散了。

「聞說你，時常在下午，來這裡寄信件，逢禮拜，流連藝術展，還是未間斷。」

女孩一步一步，再一步一步，然後，她停下，回頭看，身後長長的一條小徑，四周是稻田，沒有任何人的蹤影。

男孩呢？我什麼時候和他分開走的？女孩開始慌了，於是回頭就跑，她想趕回上一個分岔口，找回那個不見了的他。

可是，女孩找不到，連那個走散了的分岔口，都找不著。女孩亂跑，跑回城市裡，趕到男孩喜歡去的咖啡店，再到他們常流連的商店街角，就連從前常結伴去的理髮店，通通都找了，找不著，女孩找不到那個他。

你，去了哪裡？可知道我在找你嗎？

愈想碰見，愈難遇見；愈想重聚，愈漂更遠。

「總差一點點，即可以再會面，可惜偏偏剛剛擦過，十面埋伏過，孤單感更赤裸。」

為什麼妳重臨往日的舊地，找到回憶，卻往往找不到他？

因為，他不會再來了。

妳可有想到，在妳痛的同時，他也痛，他唯有不記起妳。方法是，避開重遊曾陪妳走過的地方，他更不會找其他女孩陪他來，因為，這個地方既然僅屬於我倆，我希望，這個地方的句號，是由妳來劃上。

讓這裡，保存著當天最甜最暖的妳和他。

「悔不當初，輕輕放過，現在懲罰我，分手分錯了嗎。」

在人海中，偶爾掠過相似他的身影。

然後，妳的心跳頓然亂、呼吸頻率急，然後，妳再看仔細一點，原來，不是他，他，只是一個背影和他有點相似的男孩吧。

鬆口氣，但，心底裡卻有點想，剛剛遇到的是你。

起碼，能給妳一個藉口，跟他微笑，「真巧呢。」

「是呀，」聽得出他也緊張，「妳近來好嗎？」

明明彼此都想關心對方，但，總不能撥個電話，send 個 WhatsApp，而是交由上天安排，遇見了，便能「合適的」送上這句問暖。

妳遲兩秒上地鐵，他早兩秒落巴士，都有可能令彼此遇不上，更甚的，明明是迎面而來，一個向左望，另一個向右看，彼此擦身而過，而妳和他，永遠都不知道浪費了多少個這樣能重遇的機會。

要遇見一個人，難；要遇見一輩子，更難。

遇對了，卻放開手，就只能怪自己，因為，錯過了要再遇上，要花雙倍的運氣。

給妳一個機會，妳，想跟他問暖嗎？

甚至自己痛，也想對方暖。

「天都幫你去躲，躲開不見我。」

春 嬌

余春嬌與張志明，分開後重遇，彼此都另有他，卻重新愛上。

「為何妳會喜歡那個大叔？」志明知道分開期間，有位男士對春嬌很體貼。

「或許一開始，我就想找一個跟你完全不一樣的男人。」春嬌苦笑，「但怎料，我就變到和你一模一樣。」

「我被你影響到，連我自己都不知道被你影響了。」春嬌若有感觸，「我好努力去擺脫張志明，最後我發覺，我變成另一個張志明。」

以為，自己已經放開他，卻忽然發現，他不單活在妳的回憶，更成為了妳的一部分。有一天，妳看著鏡中的自己，才驚覺，他根本沒有離開過。

今天的妳，有昨天的他。

妳喜歡的口味、愛說的口頭禪、對事物的看法，有多少是來自他？

真可憐，難道要徹底放下他，就必先要徹底放下自己？

When minutes become hours, When days become years, And I dont know where you are, Color seems so dull without you.

正當他們重拾往日暖之時，男孩電話響，掛線後一臉憂慮，女孩問：「怎樣了？」

「我女朋友撞車。」

「沒事吧？」女孩擔心。

「剛剛出院，她扭傷手。」言下之意，男孩要離開。「對不起。」

「不要走，好嗎？」女孩不依，牽著男孩的手。「你答應過陪我，你走了，便不會回來了。」

男孩為難。「那我總得回去看看她吧？」

「對，」女孩苦澀，「她才是你現在的女朋友，張生。」

說得對，她，才是你要關心的人，我，算什麼？

我現在連發你脾氣的資格也沒有了。你曾經是屬於我的，但今天，擁有你的人，是她；失去你的人，是我。

為何我還要痛著來牽你的手？就算我用鎖鏈把你鎖住，你也會因責任離我而去。你要當負責任的好人，那麼，自私的壞人，由我來當就好了。

我明白對她不公平，但我呢？是不是，因為我放不下你，所以，我注定被犧牲？

Have we lost our minds? What have we done? But it all doesnt seem to matter anymore.

男孩回去，陪著受傷的女朋友到夜深，他在留言信箱，聽到春嬌說：「你不用回來了，我走了。」她頓了一頓，「或許，你根本就不打算回來了。」

「我常常問自己，你到底為我做過什麼。」女孩繼續自顧的留言，「我一樣也想不到。」

為什麼妳會這樣愛著他？他為妳做過什麼了？這件事，如果換作是另一個男孩為妳做，妳又會否愛上他？

不，重點根本不在他為妳做過什麼，重點是，他，就是他，他沒有為妳做過一件事，但妳，卻為他獻上妳的所有。

很傻，對吧？但，愛一個傷害自己的人，本身已經是一件很傻的事。

但，儘管傻，妳也會傻傻的愛下去。

When you kissed me on that street, I kissed you back You held me in your arms, I held you in mine You picked me up to lay me down.

女孩告別男孩，但不久男孩又按捺不住，再找她，然後，女孩又見他，再一次對峙而無聲。

女孩忍不住問：「你不覺得我們一直在重複嗎？」

男孩皺眉，裝不明白。「重複什麼？」

「短訊，約會，瞞住家中的那個，不見面，」女孩語帶疲累，「重複也沒關係，但沒有用呀。」

「我們回不去從前最開心的感覺了。」

沒有將來的戀愛，是好累人的折磨。

就像駛進迴旋處的車輛，不斷在原地打轉，卻沒有選擇方向來向前進。把他留在車內，的確能重拾往日零碎的甜蜜，可是，他和妳，總要下車，妳總不能跟他永遠停留在這迴旋處。

如果，他沒有載妳上幸福公路的打算，妳是否應該要狠心點，就在這裡下車？

妳不下車，他絕不會趕妳走，但，把妳留在車裡，又有何用？

妳要的，是幸福的家庭，不是暫留的車廂。

如果他家中有人，我們又豈會打擾？

如果你愛我，也愛她，我希望，你會對她好一點，失去你的滋味，我受過，我不會希望你因我，而跟她分開。但我更不希望，你跟她在一起，卻繼續來撥動我心跳。

你真正的選擇好以後，才來找我吧！但，我不擔保那時候的我，會在何方了。

When I look into your eyes, I can hear you cry for a little bit more of you and I'm drenched in your love, I'm no longer able to hold it back.

PS. 曲婉婷〈Drenched〉。

http://www.youtube.com/watch?v=mZPjyWPYP7s

在線上

還記得從前「煲電話粥」的時光嗎？

我指的，是躲在被窩，拿著家中的固網電話，傾訴個小時也不停，尤其當電話的另一邊，是你暗戀或在曖昧的她，你便會想盡方法不冷場。最窩心的是，她也樂意陪你談到三更半夜，雖然累，但累得好甜蜜。

彼此的童年，家庭、學校裡的趣事，哪個同學最討厭，喜歡什麼電視劇，輪流唱出喜愛歌手的歌曲，到長大後想從事什麼職業、有什麼傻氣的夢想。話題，好像談多久也談不完。

甚至當沒有話題了，大家仍持著話筒不放，最嚴重的，是帶著電話去廁所、去洗澡，或就這樣子睡著了。真傻，因為彼此都捨不得收線。

直到，遇上家人殺到，「還在聊？你們聊了多久的電話呢？」妳才會不捨的說：「不跟你聊了，家人在罵我了。」而他會更不捨的回話：「那好吧，Bye Bye。」

明明很快就會再見，但這句「Bye Bye」卻有點苦澀，令妳更想快點見到他。

我想，從前的十對戀人，有九對戀人，都是從「電話粥」中煲出來吧？

「任我想，我最多想一覺睡去，期待你，也至少勸我別勞累，但我把，談情的氣力轉贈誰？跟你電話之中講再會，再會誰。」

當電話不再需要用電話線，我們便開始用Nokie send SMS。

電話粥或仍然會煲，但愈煲愈稀，因為當不想說話時，我們都喜愛send個SMS給對方，尤其一些不容易說出口的話，用文字來傳送，寫的人不會打冷顫，收的人會多一分感動。

為了要send SMS，我們都曾苦練「筆劃輸入法」，打SMS的速度，曾媲美用鍵盤打速成。

Send SMS，感覺像寄出一封信，每個字，我們都細心雕琢，信寄出的一刻，你會有等待回信的耐心，不用急，畢竟對方回信也要用時間吧？

然後，每封花心思的SMS，都會留在妳的手機，成為相愛過的證據。

「暴雨天，我至少想講掛念你，然後你，你最多會笑着迴避，避到底，明明不筋竭都力疲，就當我還未放鬆自己。」

然後，再進步，我們不再留戀Nokie的貪吃蛇，轉眼間，我們來到智慧型手機的時代。

SMS漸漸被淘汰，取以代之，是擁有「兩個勾」、擁有「最後上線時間」、擁有「在線上」功能的WhatsApp吧？

說到底，這些功能，還不是要逼你快一點、快一點，面對整個世界的流動。

也因網絡世界的多姿，每一秒都發生吸引我們眼球的事物，從前那個躲在被窩裡、專心跟妳傾電話的男孩，消失了。

不要怪他，我們，也逃不過網路的漩渦吧？

電話開始少談了，從前為電話爆分鐘的罰款而苦惱，現在通話分鐘卻非常足夠，因為，傳一個WhatsApp可以交代的事，根本不想按通話鍵。科技，令我們連開口說「喂」的氣力都省卻了。

記得我曾在〈WhatsApp的「最後上線時間」〉寫一句，是「最實在的溝通，應該是面對面，而非字對字的」。

可是，我們卻開始慣用訊息去溝通，為什麼呢？是因為，我們不習慣在電話裡聽對方的聲音？

還是，我們都害怕在電話裡，開口而無聲，沒話題而支吾，匆匆掛線的尷尬，為了避開這些會扣分的通話，於是，傳個WhatsApp，就當作溝通了？

但當他的WhatsApp愈來愈短、愈來愈不花心思、愈來愈長的相隔時間，這些變化，都削弱妳拿起聽筒，再跟他通電話的動力。

他避開在電話裡缺氧，卻抽走戀愛最重要的氧氣。

戀愛最重要的氧氣，是我親口告訴妳：「我在。」

「我想哭，你可不可以暫時別要睡，陪著我，像最初相識我當時未怕累。」

我們每秒鐘都在忙，但都不知在忙什麼。

就如，看見他在線上忙著，又不敢打擾他，妳會說服自己，他可能忙著在跟同事談工作、忙着在跟同學傾報告，稍後便會WhatsApp妳，可是，當妳看著他從「在線上」變回「最後上線時間」的時候，心，也會迅速的下線。

可知道在這一秒，有人在等他的一句「晚安」嗎？

一同在線上，卻不代表我和你的心都連著線。

「我怕死，你可不可以暫時別要睡，陪著我，讓我可以不靠安眠藥進睡。」

從前MSN都可以「顯示為離線」，現在，WhatsApp卻叫你無所遁形，你或許剛剛在睡夢中，醒一醒，開開WhatsApp Group，誰不知，她看見在線上的你，於是WhatsApp你，而你卻未能回覆，然後，又足叫她忐忑一整晚了。

請不要怪她，擔心失去你的她，看着「在線上」這三個字，的確會令她胡思亂想，幻想著你跟誰在聊天，而那誰不是她。

愈多科技的溝通，愈多猜疑的漏洞。

懷念僅用電話線的年代，起碼，我們之間有一條實在的線在相連，彼此的世界只有對方，沒有表情符號，簡簡單單，只有聲音。

然後，聽着你親口講「晚安」，這夜，一定睡得好了。

「傻得我，通宵找誰接下去。」

溺痛

很久沒有因電視劇而淚眼，但上星期《衝上雲霄》，阿Sam吃蛋糕的那一幕，令我的鼻子變酸、眼睛紅紅。

阿Sam一直想再嘗與Zoe一起吃的蛋糕那味道，可惜他忘記了成分及材料比重，結果，原想整阿Sam的年希，在他的蛋糕中亂下調味，無意間卻替他找到近似的味道，於是阿Sam在年希的協助下烤了幾個蛋糕，逐個試，結果，嘗過很多個失敗品之後，阿Sam忽然找到當天與Zoe的那滋味。

總有些味道，是屬於你和她，任時間如何沖刷，只要味蕾重遇那味道，你的腦海便會憶起那個人，她在你面前饒嘴的傻氣，她嘗到美味而顯得滿足，你一輩子也不會忘記。

「天氣不似預期，但要走，總要飛。」

阿Sam捧著蛋糕，重溫舊日的味道，一口一口的放入口裡，一跌一撞的走到窗邊，然後，憶起虛弱而病重的她，曾和他說：「阿Sam，你放了很久的假期了，是時候要回去了。」阿Sam那時答應：「等我能再弄到全世界最好的蛋糕給妳吃時，我便會回去再飛。」

離開了，剩下的，便要一個人承受悲痛。Zoe的離開，令阿Sam崩潰且獨自傷痛，或許你也試過，未必是生離死別，可以是一個人，在你的生活中徹底消失。

那個人在你的生活消失，卻沒有在你的心離去，他走了，但他的痕跡卻散落四周，可以是一首歌，可以是一個地方，更可以是一種味道。

當你以為，你已經接受他離開，誰不知，一碰上他的痕跡，心，應聲就碎。

「道別不可再等你，不管有沒有機。」

當傷心到達一種極致，妳不會再哭，因為，眼淚已不足夠承載妳的傷痛。

然後，哭不出淚，痛不出聲，一跌一撞，像沒有靈魂的，繼續自己的規律。既然我向何處逃，也逃不出痛楚，那麼，我停在遭痛包圍的四周好了，我放棄了。

可是，妳可憐的獨自在痛，誰可憐妳？

「給我體貼入微，但你手，如明日便要遠離願你可以，留下共我曾愉快的憶記。」

阿Sam從味道中，重溫與Zoe的片段，他沒有哭，只是深深吸了一口氣，抬頭望向窗外的陽光，輕輕的回應已離開的Zoe。「我知道了，我的假期，已經放完了。」他閉上眼，重新迎接未來。

在溺痛的妳，可有想過妳的假期何時放完？

妳可以痛，但不能讓痛把妳吞噬，只要妳願意，抬頭就是陽光，就如阿Sam終於梳好飛機頭，再衝上雲霄。

是時候，重新出發了，我指，那個曾自信快樂的妳。

從痛逃出來吧！

「當世事再沒完美　可遠在歲月如歌中找你。」

PS. 容許我的固執，我每寫一次《衝上雲霄》，都一定會用〈歲月如歌〉和吳鎮宇。吳鎮宇你的演技教人感動 :)

住 在 妳 心

喜歡《北京遇上西雅圖》的文佳佳，尤其看似拜金的她，有這樣的一句：「男人錢多錢少不重要，找一個知冷知暖的才好。」

女孩隻身從北京來到西雅圖，身上僅有的，是有婦之夫的情人，給她無上限的信用卡，電影《西雅圖夜未眠》給她的憧憬，以及，她肚裡的孩子。

起初，她炫富的性格，令人難以相處，直至她遇上服務她的司機Frank，然後，際遇讓他們走近，後來，這位被標誌拜金的女孩，坦白了內心最深的感受。

「他也許不會帶我去坐遊艇、吃法國餐，但是，他可以每個早餐都為我跑幾條街，去買我最愛吃的豆漿、油條。」

妳會鍾情於坐遊艇、吃法國餐的，還是那個他為妳買的豆漿、油條？

「終於做了這個決定，別人怎麼說我不理，只要你也一樣的肯定。」

物質的滿足固然重要，但如果男孩還不大有能力，妳不會介意，妳介意的，是男孩能給妳一個如何的將來。

這刻窮一點，無所謂，女孩想看的，是你為她和你的將來而上進。有時候，節日不必太破費，慶祝不用太奢侈，為將來儲蓄多一點，用心思取代花費，更貼心。

你不必將整個責任全背上身，不要小看女孩子，如果你倆已視對方為一輩子，那麼，面對生活的，並不是你一個人，還有她。

「我願意天涯海角都隨你去，我知道一切不容易。」

「我有的是包，我生日有包，耶誕節有包，情人節有包，我兒童節也有包，」女孩語帶激動，「我全是包，我只有包。」電影中，每當女孩的情人沒時間陪她，便會送她一個名牌包。

任名牌包再名貴，也貴不過他知妳冷、懂妳暖的心。

你送她名牌包，她會高興，但這不是幸福。幸福，是她看著你默默為她付出，然後送她一份你能力負擔得起的禮物；而非你家財千萬，然後隨意買十份禮物，用來填補她空洞的寂寞。

「愛真的需要勇氣，來面對流言蜚語。」

電影末段，女孩要跟知她冷、懂她暖的Frank分開，Frank送她這樣的一句。

「As long as we live in each other's heart, death can't keep us apart.」（只要我們住在彼此心裡，死亡也不能讓我們分離。）

然後，女孩回國了，面對遊艇、法國餐、名牌包，跟便宜的豆漿、油條，女孩最終選擇了後者，於是，她勇於甩掉情人老鍾的小三身分。

「老鍾，我們分手吧！」

「哪個成功的男人不是在外面跑，回不了家而忙生意的？你看那些在家陪老婆、孩子的男人，哪個是有出息的？我給妳錢花，妳又嫌我沒時間陪妳。」老鍾動氣。

「天晴的時候，妳要下雨，等下雨了，妳又要天晴！」

「不是錢的問題，」女孩淡然，「是你不在我心裡了。」

「在我心裡」，聽起來，好像很膚淺，但，有誰，真正住在妳心裡？

真正住在妳心裡的人，現在還在妳的身旁嗎？

在妳旁，固然幸福；但他不在妳的身邊了，妳會勇於放棄眼前的，而不顧一切的把他追回來？

「我們都需要勇氣，去相信會在一起。」

人愈想避開遺憾，愈在製造遺憾。

現實的無奈，不容我們浪漫，我們好難如電影中的女孩，敢於拋棄眼前的一切，然後追逐心底裡的最愛。

好難，但是否不能做到？

電影中，女孩和男孩數年後再相遇，正如女孩最觸動我的一句對白。

「努力讓自己的肩膀更堅強，才有資格見我愛的人，然後對他說，我準備好愛情從天而降了。」

如果有一天，妳重遇他，彼此的肩膀都堅強了，準備好愛情從天而降了，那時候，妳會再抓緊眼前的他嗎？

「只要我們住在彼此心裡，死亡也不能讓我們分離。」

容許我為這句加多一個註腳。

「儘管分離，也不會讓住在彼此心裡的人消失。」

他，就住在妳心裡，對嗎？

病

撐了數天，今天還是生病了。

起初以為吃幾顆感冒藥，睡飽，自然會好，可是，當鼻水直流、喉嚨乾痛、眼張不開時，你便知道手上的藥，不足以治你的病。

妳還記得，那次當妳生病，他緊張妳的表情嗎？

「仍然剩下病假有幾晚 ，要復元為何會這麼慢。」

生病可以是一件小事，大不了吃藥、看醫生，任誰都可以自己處理，但是，我們總希望在生病時，他或她能在身邊，為自己撫撫額頭、探探熱，然後一臉緊張。「怎麼會不舒服呢？」

他不是醫生，卻是妳的特效藥。

妳說不用了，但他硬把妳拖到診所，在等候護士叫名期間，妳虛弱的依在他肩上，燒未退，但心更熱。

能在生病時，枕在他的肩膀上，除了是依靠，也是一份安全感。

一個人病，兩個人痛。

「懷念你，訂了時限，過後，忘了這憂患。」

妳病得最嚴重的是哪一次？哪時候，有誰在妳身旁？

如果他一知道消息，便趕到妳面前，然後陪妳捱過冗長的候診時間。見到醫生時，他搶著替妳報告病情。取藥時，他仔細檢查隔多久要服藥的時間。

生病時，人會累，卻更留意到身邊人的付出。

妳未必開聲跟他道謝，卻會暗暗記住他的細微，默默感激他的著急。

「明日我會再上班，從前途著眼，無暇來嗟嘆。」

我最不擅長的，是吃藥，每次吃藥，都好怕會停在喉嚨裡，吞不了便融化。

但我又不喜歡喝藥水，最恐怖的，莫過於那種奶白色、像漿糊般的藥水。

有沒有一個人，曾經哄妳服藥，可以是替妳弄碎藥丸，也可以是各種奇怪的方法，務求讓妳成功服藥？

沒辦法，生病時會變得任性，誰叫有他照顧？

他親手為妳買／煮的白粥，不需要豐富的配菜，每一口都甜。

在床邊待妳睡，為妳蓋好被，關上燈，確定妳睡著了，才安心離去。

然後，在妳初癒的數天，仍然緊張妳有無定時服藥、有無忌口、有無睡得飽。

如果妳能遇到這個他，是妳的幸福。

好好珍惜這顆特效藥，一個在妳生病時，能放心把自己交給他的人。

「有藥能自救，何必等它擴散。」

PS. 我是時候吃藥了 :(

i　n　5 5 !　w　!

「i n 55! w !」，掛念不應該掛念的一個短訊。

平淡，是每對情侶的必經階段，多熾熱的愛情，總有退溫的一天。然後，在溫度退減後，形態會固定，他或她會變成了你的習慣，融入了你的生活，成為你的一部分。

在《春嬌與志明》中，余春嬌（楊千嬅飾）與張志明（余文樂飾），因平淡而分手，然後男方在北京工作時，認識了任職空姐的尚優優（楊冪飾），隨即展開戀情。後來，他後悔了，因為他一直未放開那個已經融入他生命的余春嬌。

這是男孩的劣根性，男孩總容易因新鮮感而開始。熱戀令頭腦發熱，男孩可以因貪新鮮而不念舊，當冷卻過後，新戀情或許走下坡了，才懂後悔。

「一輩子那麼長，誰沒有愛上幾個人渣？」

你也曾經是「人渣」嗎？

尤其是，傷害過深深愛著你的人，這種傷害，就算你已經不在那個人身邊，卻成為那個人一輩子的痛。

明明分開了，但春嬌與志明卻又走在一起，在彼此亦另有他的情況下再交往。這是不應該發生、但卻在發生的戀情，明知在把傷口撐大、血繼續流，卻寧願繼續自虐，也要從痛中找尋愛。

「我被你影響得連自己被影響都沒發現，我好想擺脫你張志明，才發現我自己已經變成另一個張志明。」余春嬌的這一句讓我印象深刻。

最能改變我們的人，是曾經日夜陪伴的他或她，當真心愛一個人時，你會沒了自己，然後，你會被他或她漸漸地影響。如果，那個他讓你痛，你會不自覺地把這種痛投放在其他人身上，例如，另外守候你或妳的人。

所以，春嬌對守候她的阿Sam（徐崢飾）也不好，因為正好有這樣的一個人給她發洩，但是就算他做得再好，他也不是張志明。

當妳守候的人待妳不好時，妳也不會對守候妳的人好，這並非妳刻意不給面子，而是那個他對妳的影響實在太大，不知不覺間，妳，變成了他。

但，那「人渣」值得妳為他如此痛苦嗎？

「我不想牽著妳的手，心裡想著她。」張志明跟尚優優坦白，宣布與她戀情的死因。原來，放不下前段戀情，代表著這段戀情從第一天起，就不該有第一天。當我們某段戀情遭遇失敗，總會回想過程找出死因，但原來戀情急轉直下，原因往往藏在最初的時候。

是開始得太快、太草率，還是沒準備好便開始？當熱戀期後，對方判若兩人，彼此才懂得當初的了解，原來真的還不夠深。

我們一生會遇到不少人，男孩心底裡，總有只適合當女朋友的她，也有只適合當妻子的她；女孩心底裡，總有只適合當男朋友的他，也有只適合當丈夫的他。

可是，兩者通常都不是同一個人。

「When minutes become hours, When days become years.」

人生的黃金時間太短，不夠我們遇上更多的人，不容我們用太多時間考慮，但短促的時光，卻足夠令我們遇上那刻骨的、那銘心的、那能令你痛和暖的人。

如果錯失了那不應該錯失的，我們會像張志明般勇於回頭？還是我們想多了，電影情節根本不存在真實生活之中？

「i n 55! w !」注定是一個不應該送出的短訊，當連「i miss u!」都要用隱藏的方法、要倒轉手機才能看得到，這種掛念，是最痛切的掛念。

「I can hear you cry for a little bit more of you and I, I'm drenched in your love, I'm no longer able to hold it back.」

包 袱

隨歲月漸厚，包袱也漸重，我背著它，步伐愈來愈緩慢。

我抬頭，看見你頭也不回，沒停步的向前疾走，我喊：「求你，等等我！」

可是，你像沒聽見，腳步未見減慢，我怕你走失，於是我疾步起來，開始喘氣，滿頭大汗，背上的包袱，卻愈來愈沉重。

結果，包袱的重量，終於把我狠狠地壓倒在地上，眼睜睜看著你漸行漸遠，而我，只好在原地哽咽起來。

「怎麼，你真的忍心丟下我？」

我埋怨，也才驚覺，為什麼我不把背上的包袱拋掉，然後用最輕盈的身軀追回你？

我欣喜，再摸摸肩膀。

怎麼了？包袱呢？怎麼不見了？

但，我的背依舊感到重。包袱不見了，但重量仍如影隨形。

原來，在我可以丟下包袱時，我沒丟；然後，在我想卸下重量時，那壓力早已融入了生命中，注定與我相伴一輩子。

「要，背負個包袱，再，跳落大峽谷，煩惱，用個大網將你捕捉，還是你，拋不開拘束。」

人生，充斥著無數個叫人無奈的重量。

愈不想負擔，它愈是跑到你的肩膀上。這些重量，變成了我們的責任，我們也隨著這些責任的出現，開始看到自己未來的路怎麼走。

有一天，你忽然頓悟，自己的命途已不會有太大的改變，只能隨著人潮繼續向前推。你忽然想更改方向，已不容易，要先越過重重的人流，你試過好幾次，但發現腳步根本不能逆轉，然後，你有點想放棄。

回頭看，見到那個人在身後的人潮，你跟她在某個路口走失了，她落後於人潮，或同樣渴望的與你會合，可是，你和她，都是眼睜睜的看著彼此被人潮掩蓋。

原來，手一鬆，再聚首並不容易，儘管我還能見到你，但卻不能再親近你。

那麼，你可以答應我嗎？抓緊我的手，不管怎麼也不放，不讓我走失在人潮之中嗎？

我好怕，真的好怕，我再見不到你。

「得到同樣快樂，彼此亦有沮喪，童話書從成長中難免要學會失望。」

好想見她，說容易，做困難，你做的決定，不只要跟自己負責，還有那背在肩上的包袱，哪管是彼此曾做錯、曾錯過、曾下錯的決定。

在你還可以抉擇的時候，背上還未有包袱，但當你驚覺背上有重量時，那麼，你做任何決定，都注定有人受傷害。

要卸下包袱，談何容易，但，包袱，絕不能敵過你的決心。

就算全世界都反對，只要你眼中只有這件事，或，這個人，那麼，你狠狠改變方向，儘管得罪了全世界，但起碼，你對得住自己。

只是，你有這個卸下包袱的決心嗎？

「經過同樣上落，彼此墮進灰網，沉溺，煩擾，磨折，何苦，多講。」

蒸 發

在身旁近兩年的他，忽然人間蒸發了。

然後，是女孩的夜夜失眠，男孩沒有親口說分手，卻把女孩的電話，Facebook，WhatsApp全block了，女孩完全找不到他，他就這樣子，消失了。

忽然收到一個包裹，打開一看，全是女孩在男孩家中的物件，可笑的是，這個包果，不是寄到女孩手上，而是寄到女孩的朋友家，事先連通知也沒有，朋友氣憤地跟女孩說：「這是哪門子的責任？我不介意轉交，但他怎樣也聯絡我一聲吧？」

女孩無奈，沒辦法，我連他在哪裡也不知道，何況要追究他的責任呢？

「人若變記憶便迷人，情令眼淺了便情深，認識一場，如雷雨一閃，就此沒有下文，無憾也覺得是遺憾。」

一個沒有責任感的人，連被追究的責任也逃避。

他以為就這樣消失，問題就會消失嗎？

消失的，不是問題，而是他的良心。

女孩不介意他要分手，但用消失來解決的分手，是最差勁的分手，當然，他不會覺得有問題，電話換個號碼，Facebook換個帳號，對女孩不聞不問，地球總不會因他的狠心而停止轉動，事情總會過去。

就讓他把過去的連繫，全換了，但，他能把自己的良心也替換嗎？

儘管他看不見，但曾跟女孩甜蜜的他，又怎會想像不到女孩有多傷？

「其實你已經是閒人，其實我討厭被憐憫，或者一時，疲勞到傷身，弱得，像個病人，才像要找個肩膊枕一枕。」

凡事，有始便要有終，儘管結局是傷心的，但既然開始了，便要親手的結束，這對彼此都好，就算是恨，也讓我們在完整的畫面中，打上痛狠對方的謝幕詞。

無聲的道別，就像運作中的機器，突然被拔除電源，一切都停在這一秒，就連一團糟，都被凝結在瞬間。

女孩，就在這一團糟的戀情中，突然被拔除電源。

你可以想像女孩有多無奈？她甚至不清楚戀情的死因在哪裡，就這樣，死得不明不白。

為什麼？你竟然可以這麼狠心，連道別也沒有一句，就這樣的人間蒸發？

「難忘你，好聽過若無其事沒韻味，你真人，其實陌生得可以記不起。」

女孩，仍在克服忽然沒有他的日子，仍然夜夜失眠，可是，為這個人失眠，不值得。

由他消失的第一天開始，他就不是一個能付託終生的人。

他連妳有多痛也不理，就此消失了，就算給妳找回他，卻找不回他的責任感。

那麼妳還在等什麼？等他一個明確的交代？

不，他要交代的，都已交代了。

他用消失告訴女孩，他，可以沒有她，只是，她，卻不能失去他。

但既然已消失了，何必怕失去？

為消失的人傷心，連傷心的目的為何也不知道，那麼，徒然傷心，又有何用呢？

不能失去的，不是他，而是尊嚴，明白很傷心，但傷心總有限期，不要讓傷心繼續纏繞著死因不明的戀情。

放開他，是對他的消失最大的回應。

「毋忘你，精采過別來無恙如遊戲，我本人，明白什麼都總有限期。」

練 習

找不到堅持下去的理由，卻守在原地，期待瀕死的愛情有轉機。

想自虐到什麼時候呢？

愛情中，最苦澀的一堂課，是分開。

如何為一段感情畫上句號，而不是省略號，需要深思，可是，愈想灑脫，愈拖泥帶水；愈不想傷害對方，愈令她劇痛萬分；愈想圓滿，愈有遺憾。

或許，我們根本沒分手那準備，所以沒有認真學習過分開。

所以，每次分開，都一場糊塗。

「原來分手是需要練習的，等時間久了會變勇敢的。」

如果，已經來到無可挽救的時刻，分手，可能是唯一的方法。

可是，妳不想提出，他又不想開口，大家都困在進退兩難的關口，然後，繼續任由戀情失溫，由著彼此冷落對方，由著大家無心的相處，我覺得，這狀態比提出分手，不負責任得多。

不想說分手，但，總得找個人說的。

提出分手的一方，並非心腸壞，而是，如任由愛情的失溫，蔓延到工作、家庭，再影響彼此的生活。那麼，忍痛分開，的確是一種解脫，與其讓病情繼續嚴重下去，倒不如，我親手替它進行安樂死好了。

退溫而瀕死的愛情，的確有點像末期的癌症。

既然你連說分手都懶惰，那麼，由我來積極好了。

「你慢慢出走，我漸漸放手，這不就是，我們要的自由。」

他好激動，「為什麼要分手？我們真的要走到這一步嗎？」

妳忍住眼淚，為什麼要分手，又豈會是妳一、兩句能解釋的事情？

我為什麼要提出分手，請你先撫心自問，過去的一段時間，我們相處得如何？

「不錯呀，我跟妳還有說有笑呢。」他不明白。

這不就是答案吧？

有說，不代表我跟你在溝通；有笑，不代表我真正的快樂。

怎麼你連我其實不快樂，也看不出來？

「原來分手是需要練習的，等傷口好了會變輕鬆的，海闊天空，不殘留一點痛。」

分手，沒有預告，但，總有跡可尋。

當恆溫的愛情走下坡，往日的甜蜜會流失、溫暖會結冰、熱情會冷淡、關心都變得有氣無力，到底，我是因為想關心你，才關心你，還是，我是因為責任，才關心你？

當兩人愛得只剩下責任，那麼，我們還是在愛著對方嗎？

抱歉，我不想成為你的責任，儘管你是個負責任的人，但這刻，我寧願你不負責任。

怎麼，還可以這樣捱下去？為什麼而堅持？我甚至找不到一個理由，我們為什麼還要在一起？

有趣的是，當我問自己這麼多問題後，我，一個答案也沒有。

然後，我繼續這沒有靈魂的戀愛，直到這段戀愛發生天災，哪管是地震、火災，還是海嘯。總之，把我跟你殘存的感覺都淹沒後，那時候，分手，是自然不過的事情了。

只是，我不明白，為什麼要把我跟你之間的甜，榨乾到枯萎後，才決定分開？如果，在不熱但仍暖的距離下分手，我在你回憶的印象，是否會好一點？

分手，真的需要練習，但，卻是怎麼練也練不好的事情。

「回頭看怕懦弱，往前走怕墜落，但我一定能學會，在想你的時候，不難過。」

心死

開始時，女孩二十一歲，男孩十八歲。

年紀還小，感覺也不太認真，但多次的離離合合，令女孩開始離不開他，但男孩反而在退溫。試過男孩喝醉，錯手打腫了她的眼角，還醉話的罵女孩：「為什麼妳不讓我查看妳的手機？」

女孩沒有要隱瞞的事，只是，女孩覺得，查看手機，實在是破壞誠信的一個動作。加上，相較於任職酒吧的男孩，沒安全感的，應該是女孩才對吧？

男孩打她的翌日，女孩已原諒他了，沒辦法，太愛一個人，不管他多錯，都會原諒他。可是，女孩的大方，並沒有讓男孩更珍惜，就在不久後，女孩在Facebook看見他跟酒吧的一位客人的親密照，她按不住醋意，於是問他，但，他的反應卻大得驚人。

「妳不信我，我們就分手！」

女孩沒料到一個問題，答案就是他喊分手，她跟他，在這段不穩定的關係拖拉了一段時間，最後還是正式分手了。

女孩知道不應該，但分手後，每當男孩喝醉想見她，都會飛奔去找他，在一次又一次的心軟後，她和他，復合了。

「我知道傷心不能改變什麼，那麼讓我誠實一點，誠實難免有不能控制的宣洩，只有關上了門不必理誰。」

女孩，真的很遷就男孩，他不喜歡她的工作，她就辭職；他說一句，女孩連夢想都放棄了，只要，男孩願意珍惜她多一點，就可以了。

可是，男孩回贈女孩的，是更刻骨銘心的。

男孩生日的前一夜，女孩想給他一個驚喜，於是，女孩先booking好廸士尼的酒店，然後把門票親手送到男孩家中。

女孩開門時，瞄到鞋架上有一雙女性長靴，她的心，頓時一沉，但安慰自己：「別亂想，說不定他是因生日高興，所以招呼朋友上來睡吧。」

事實上，男孩的家有三間房，這樣想，正常不過，可是，女孩來到了男孩的房門前，頓感壓力。「若然門鎖了，即是，有其他女孩在他房間吧？」

門，應聲便開，沒有鎖，但，坐在床上的男孩，身旁有另一個她。

「生日快樂我對自己說，蠟燭點了，寂寞亮了。」

女孩的即時反應是，退出房間，關上門，頭腦一片空白，然後，再敲門。

對，是敲門，不是撞門。

男孩走出房間，看著她。「為什麼妳會在這裡？」

「我，我本來打算給你surprise，但……我沒想過，會是這樣，好surprise呵？」女孩不忘幽自己一默

「妳不是說沒有空嗎？」

「我本來想和你去廸士尼，那麼，」女孩有點詞不達意，「現在還去不去？」

然後，男孩去梳洗，女孩則呆呆地坐在客廳等他。

為什麼，女孩會有這樣的反應，她甚至可以衝進房間指罵那女生，又或是忽然發瘋，也屬正常，但，她也不知道為什麼反應是如此平靜。

這，就，是，心，死，的，感，覺，嗎？

車程往樂園，很諷刺，心死了，卻往開心的地方去。

「生日快樂，淚也融了，我要謝謝你給的、你拿走的一切。」

她和他，一直沒開腔，直到男孩輕擁她。「今天什麼也不要想，我們開開心心玩一天，好嗎？」

女孩聽到這一句，心，痛得要裂開了，但因他今天生日，女孩不想他不開心，所以，輕輕點頭。事實上，那一整天，女孩都在笑。

對呀，我在笑，雖然，我找不到笑的理由。跟你合照時，我用最燦爛的笑容，收藏我心底裡的重傷，這種近乎精神分裂的痛，你明白嗎？

本來booking好的酒店，因他要上班，所以泡湯了。而另一位女生，整天打電話給他，但他沒接，這已叫女孩深感安慰。女孩哄自己，他還著急她。

可是，愛情最不公平的，是儘管妳犧牲再大，犧牲到沒了自己，也不代表，能留住不專心愛妳的人。

一個月後，男孩跟她分手，任女孩怎追問，他都一臉絕情，更用最傷害的言詞趕她走。結果，女孩多不捨得，都得放手。

分手了，近一年半，女孩努力去忘記他，而他偶爾的一句「掛念妳」的短訊，可以瞬間將她擊潰，但，她還在努力，慢慢地把他點點抹去。

「還愛你，帶一點恨，要時間，才能平衡。」女孩在信末，這樣告訴我。

多痛，便有多愛，儘管旁人都覺得妳有點傻，但，我想只有曾徹底愛上一個人，才會明白，愛，總要帶一點傻，和一點恨。

加油。

「還愛你，帶一點恨，還要時間才能平衡，熱戀傷痕幻滅重生。」

PS. 溫嵐〈祝我生日快樂〉。

http://www.youtube.com/watch?v=sQy3pwYwvg8

忘記

為什麼，總是忘不了一個人？

刪除了他的電話號碼，在Facebook逐一移除他的照片，在簡訊欄逐一delete他的留言，我把可以刪除的，都刪除了。

但怎麼，愈刪除你，你愈見清晰？

在日間，我可以因工作的忙碌，讓自己忙得沒有空去想你；可是，在夜裡，我的思緒，根本找不到一個安穩的位置。

吸一口氣，想起你；呼一口氣，又想起你。

我感到疲倦，垂下頭來，開始哽咽，抬頭，又兩行眼淚，然後，我逼自己擠一個笑容來，可是不管用，我哭得更崩潰。

就這樣的笑又哭，捱過這一晚，然後，明早帶著哭腫的眼袋上班，同事關心，「生病了嗎？」我帶笑迴避，「睡不好而已。」

對，我生病了，是不能忘記你的病，而且，病得好嚴重。

「雨都停了，這片天灰什麼呢，我還記得，你說我們要快樂，深夜裡的腳步聲，總是刺耳。」

不想你，不想你，不想你。

但，電話忽然震動，我的心跳又瞬間加速，期待是你的WhatsApp，可是，看過屏幕後的我，總是失望的鎖上電話。

真笨，我跟自己重複說：「不想你。」那，不正是在想你嗎？

我的理性說服自己，你不會再找我了；但，我的感性卻不斷期待，你會再來跟我說一、兩話。

就算是寒暄一、兩句也好，我只想再聽到你的聲音。

雖然，我聽到你第一句，便想聽第二句，然後，我又不捨得放你走。

但，你知道嗎？

你走後，我好寂寞。

「害怕寂寞，就讓狂歡的城市陪我關燈，只是哪怕周圍再多人，感覺還是一個人，每當我笑了，心卻狠狠的哭著。」

我知道，我應該要忘記你，但，我捨不得忘記你。

如果我下定決心，可以找一個沒有你的地方，從零開始，重新建立一個新的我，但，我就是捨不得，不想當我狠心忘記，回頭才見到後悔莫及的你。

你曾經好疼我，我今天好恨你。

我甚至找不到一個理由去忘記你，你明明對我如此狠心、如此傷害。我，有千百種理由去痛恨你，可是，沒有一個理由能說服我自己。

我曾經哭著請求你，你沒留下；我現在哭崩想忘記你，你不知道。

我真的好笨，為什麼，我要這樣子虐待自己？

我好痛，但，你不會再疼我了。

「給我一個理由忘記，那麼愛我的你。給我一個理由放棄，當時做的決定，有些愛，愈想抽離卻愈更清晰。」

今夜，是我仍在想你的第幾夜了？

原來，你已經走了那麼久。

告訴你，我們總會有一秒在想起對方。

因為，我差不多每秒都想起你。

不知道，在這一秒，你有沒有想起我呢？

如果思念可以量化，我的房間，早被對你的思念填滿，想轉身也難。

但，我是否要繼續，被這種無止境的思念所包圍？

不。

我要開始忘記你了。

或，我要開始學習忘記你了。

就像我最初逐漸愛上你，我想，我可以逐漸不愛你。

我要在回憶中刪除你。

我不知道，我能否做得到，但，我不能不做到。

讓痛終結，就是要把你和痛，一同忘掉。

輕輕跟自己說：「加油！」

「有些愛，想抽離卻愈見清晰，而最痛的距離，是你不在身邊，卻在我的心裡。」

PS. A-Lin〈給我一個理由忘記〉。

CHAPTER 7

放手

只是，我把眼淚，留在寂寞的夜裡，
讓淚水沾溼枕頭，我才入睡；我把失控，
留在獨處的時間，讓自己歇斯底里。

U n f r i e n d

要有多大的痛，才能令你按下「Unfriend」這個鍵？

按下這個鍵，如親手剪斷跟那個他或她的最後一條線。

但是，如果要繼續自虐，在Facebook動態忽然閃過他的近況，忍受這種隨機的痛，按下「Unfriend」，無疑是終止凌遲折磨的方法。

膠布常被揭開，傷，怎能收口？

「如無力挽回要懂得放手，逝別了的人再不可擁有。」

從前戀人分開了，便真的分開了，只是偶爾才能從朋友間聽到他或她的消息，然後，心痛一痛，但捱過痛，傷口便能癒合。

但科技進步，卻令分手了的人分不開，我們會在Facebook突然知道她的消息，心痛她病，著急他痛，看到他或她失落的近況，可是，我們連留like打氣也不敢。

還能用什麼身分去關心？

「仍能在往後日子學懂珍惜，念在愛你的別叫他難受。」

直到有一天，你在Facebook的搜尋列找她的名字，卻發現你在她的Facebook顯示的已不是「朋友」，而是「加為朋友」。

被Unfriend了，你不會立即知道，但當你記起她，才發覺她不想再記起你。

被在乎的她Unfriend了，心會痛。但你可有想像到，在屏幕另一邊的那個她，在按下這個鍵時，懷著的，是比你更痛的劇痛。

移動滑鼠，按下「移除朋友」，看著方塊從「朋友」，變回「加為朋友」，過程不到兩秒，卻足以讓妳落下兩行不停的淚。

原來，為兩個人的關係劃上真正的句號，是如此的彈指之間，是如此的兒戲，是如此的不實在。

可是，他真的就此從你的世界消失。

「誰人為愛情劃穿這對手，在極痛之餘戒不掉哀愁。」

他Unfriend妳有兩個可能，他好恨你，和，她太愛你。

通常，都是後者。而且，愛你的，比恨你的，更痛。

有時候，按下Unfriend是一種解脫。

起碼，讓妳不再苦苦糾纏那個他，讓曾經溫馨的景況變成氣泡，讓過去了的照片化作碎片，讓曾標誌「戀愛中」的妳和他，變成彼此生命再不交疊的平行線。

「無力讓光陰折返，面前一樣有。」

按下他的Unfriend鍵，等於按下痛的Unfriend鍵，要和痛切割，需要承受極痛的一剎，但換來的，是能切斷因他而痛的那條神經線。

捱過親手讓他在妳世界消失的痛後，再到某一天，妳能更改Facebook那「你的感情狀況是什麼？」的選項。

將「單身」更改為「交往中」，代表著，妳病癒了。

也代表，妳的生命變得更厚了。

「若然你不走。」

PS. 周柏豪的〈無力挽回〉，是我這兩天無間斷在聽和哼的歌。

禮 物

他送的禮物，保存了那時候的暖。

儘管，他已不在妳身邊，但他送的禮物，若然在分開的劇痛時沒扔掉，那麼，它應該會留在妳身旁，成為了曾經與他相戀的證據。

妳可能把它，藏在房間中某角落，以為看不見，心就不會痛。

可是，每隔一段時間，妳總會觸碰到他的痕跡，然後，回憶會讓痛重新浮現，再化成壓在心頭的沉重。

妳明明可以把它們全扔掉，但，妳狠不下心。

是一支手表、是一雙鞋子、是一條項鍊、是一只戒指，無論什麼都好。他送的禮物，如果妳沒有封存，也沒有扔掉，那麼，它還在妳身上嗎？

他送妳的，不單是一份禮物，而是一份習慣，妳用慣了，便不想更換。

「快想不起我們為何會訣別，只看到那雙你送的鞋。」

每份禮物的背後，都有一個難忘的情景。

是一頓晚飯的尾聲，他從不知何處拿出這份禮物；是一趟車程，他請妳閉上眼睛，再替妳戴上項鍊；是看著某處景色，他送能讓妳記住這一秒的手表。

「送妳的，」他笑得溫柔，「逛了很久才找到呢，希望妳喜歡。」

看著他期望妳拆禮物而又忐忑討不到妳歡心的神態，拆開包裝紙的一刻，心跳得快，也暖。

妳著急的，不是禮物，而是著急他，如何著急妳。

禮物，貴不在於它的價格，貴在於，他為了妳，用了多少的誠意，花了多少的腳力，傾盡了多少的心思，在這份送妳的禮物上。

其實，只要是你送的，什麼也特別。

「你送的禮物，會不會太特別。」

和他共度的生日，是妳和他戀情上的「Check Point」，像賽車遊戲般，捱過了，剩餘時間會增加，讓妳和他增加了衝線的機會。

如果妳是被慶生，儘管他平日粗心又不體貼，但如果這天，他能細心地安排、窩心地付出，妳還是會被他所感動，戀情的生命又厚一點。

如果妳替他慶祝，妳會花盡心思去做好安排，反轉openrice來找令他驚喜的餐廳、苦思送他的禮物，務求讓他度過最快樂的一天。

但如果，他沒有準備的誠意，連餐廳也可能沒有booking，逛了好幾條街才找到落腳處，或是隨便找間快餐店填飽肚子，這些畫面，足叫妳記住一輩子。

這樣冒失的他，若是妳仍然願意陪著他，代表，妳真的好愛他。

愛到，能麻痺每次遭他不重視的刺痛。

「但漸行漸遠，習慣到沒感覺，難道你早想要我走遠。」

陪他過多少個生日，便有多少份生日禮物。

每送一份生日禮物，代表你們的戀情又增添一歲。

不貪心，如果能送她八十份生日禮物，多好？

找到對的人，幸福可留住；錯失了對的人，幸福會流失。

當日沒留住她的手，今日，就只剩下他的禮物。

為何不扔掉它，真的是狠不了心？

還是，放不了手？

讓時間，給妳自己一個答案。

「鞋上那記號，只有你能明瞭，過了這一夜，我就全忘掉。」

PS. 這次不公開謎底，猜猜我聽著什麼歌寫完這篇文的。

快樂嗎？

妳，曾經為他，守候了多久的時間？

妳以為，耐心會換到他的回心，堅持能得到他的轉意。

那麼，他最後，有回到妳身邊嗎？

這世上有些事情，不是妳努力就管用。哪管妳，任風吹，讓雨打，蹲在地上，抱著頭，路人在妳身邊川流不息，卻沒有人為這個女孩而停下一步。

整個人都溼透，好冷，冷得身子都在震，可是，這個女孩卻繼續守在原地，因為她相信，也深信，那個他，會帶著傘，來到她身旁，帶她離開這暴風帶。

的確，當你離開我以後，我的世界，一直都在下雨。

因為，你把我世界的陽光都偷走了。

「人群中，哭著，你只想變成透明的顏色，你再也不會夢，或痛，或心動了，你已經決定了，你已經決定了。」

你不在的時候，我身邊，出現了其他待我好的男孩。

他是一個好溫柔、好懂得我的男孩。

他在我身旁，讓我重新學會笑。

他沒過問我什麼，只是，默默地讓我冷的手變暖，在這虛弱的時間，我的確需要這種窩心。

可惜，他能暖我的手，卻不能暖入我的心。

不，不是他不夠好，他很好，是一個好人，但，他，不是你。

怎麼，對我好的人，是他，而不是你？

如果，你和他，是同一個人，多好？

「你靜靜忍著，緊緊將昨天用拳心握著，而回憶愈是甜，就，愈傷人了，愈是在，手心留下，密密麻麻、深深淺淺的刀割。」

為什麼我要繼續為你守候下去？這答案，我也答不上。

我身邊的朋友都勸我放手，我家人把有關你的東西都收起來，全世界，都反對我繼續去想你。

我明白，我當然明白，我也跟自己說：「不要再想你了。」

可是，怎麼會這樣子的？

我走在街上，看見那間不起眼的餐廳，想起跟你溫馨的那頓晚餐；我站在車廂，聽到旁邊情 在說悄悄話，想起跟你曾甜蜜的你追我逐；我睡在床上，閉上眼睛輾轉反側，想起曾經一張眼便能看見你的時光。

我在想，如何不想你，卻在不斷的想你。

你教我，我如何可以不再想你？

「你不是真正的快樂，你的傷從不肯完全的癒合，我站在你左側，卻像隔著銀河難道就真的，抱著遺憾，一直到老了，然後才後悔著。」

不再想你，是一場我跟自己的戰爭。

起初，你在我的世界忽然消失，就像在我身體上硬生生的抽走了部分的靈魂，我瞬間倒地、潰不成軍，我以為我自己會就此陣亡，忽然，我的腦裡，把過去跟你的畫面迅速重溫，就像據說靈魂離開肉體前，會把生前的片段，重新迅速地瀏覽一遍。

我看見，我跟你如何相遇、如何走近、如何牽手、如何相處，再，如何退溫、如何嫌棄、如何痛恨、如何分手。

然後，我的靈魂重回軀體，我坐了起來，怎麼，我沒有死去呢？

原本，我以為，你離開我，我會傷心得要死。可是，原來，靈魂有自己的修復功能，遭你傷害過的部分，會自癒起來。

只是，自癒時間的長短，因人而不同，也因那段戀情的深淺而有異。

然後，妳就會好起來，儘管，他最後可能沒有回到妳身邊，但，有一天，妳或許會發現，他回不回來，已經不重要了。

對，曾經很在乎他的妳，都會有這樣的一天，不再在乎他了。

加油。

「你值得真正的快樂，你應該脫下你穿的保護色，為什麼失去了，還要被懲罰呢，能不能就讓，悲傷全部結束在此刻，重新開始活著。」

PS. 如果妳覺得，想哭而無淚，今夜看完這篇文章，再聽蘇打綠的〈我好想你〉。偶爾，釋放自己的眼淚，回到學校或工作間，才能繼續痛著笑。

我 沒 事

試過，好想念、好想念一個人的滋味嗎？

思念，一個未必同樣思念妳的人。

電話就在旁邊，他的電話號碼，妳倒轉也會背，可是，卻沒有勇氣按下「通話」鍵。

唯有，對著空氣，緩緩響起他的名字，把想說的話，在空洞的房間回響。明明他就不在妳身旁，可是，妳卻感受到他的回應。

我太懂你了，我甚至能猜到，當你聽到我這近況時的反應，如何的鼓勵我，如何的安慰我，如何笑著跟我溫柔說：

「傻瓜。」

我並不了解我自己，卻好了解你。

「開了燈，眼前的模樣，偌大的房，寂寞的床，關了燈，全都一個樣，心裡的傷，無法分享。」

日子一天一天的過，他一步一步的愈走愈遠，可是，我跟他的距離並沒有遠，因為，看著他背影，我沒有停在原位，而是自虐的跟住他的步伐，他走一步，我跟一步，儘管，只看到他的背影，但，起碼，他仍在我的視線。

我已經block盡可以跟你連繫的媒介，可是，我卻block不了自己的心。

你的Facebook，我仍然偷看；你的消息，我仍然打探；你的WhatsApp，我仍然看你的最後上線時間。

「求求你，可以放過我嗎？」

可笑的是，我是抓緊你的手來說這句話。

「生命隨年月流去、隨白髮老去、隨著你離去，快樂渺無音訊」

到底，我思念的，是現在離我而去的你，還是往日回憶中的他？

明明你還在，卻又消失了。

我想找一個人，請問你可以幫我嗎？你可以幫我找回那個他嗎？他和你的名字一樣、外貌也一樣，只是，你和他，有一點點不同。

一個，眼神讓我暖；一個，目光嫌我煩。

你遇上他的話，可以跟他說聲嗎？

我，仍在老地方等著他呀。

「我還踮著腳思念，我還任記憶盤旋，我還閉著眼流淚，我還裝作無所謂。」

他離開我多久了？我沒刻意記住，大約是第一百四十一天零十二小時五十分鐘左右吧？

我可以呀，我還可以呀！我沒有因他的離去而歇斯底里；沒有因他的狠心而痛哭人前；沒有因他的消失而放棄工作，看，我多正常？

只是，我把眼淚，留在寂寞的夜裡，讓淚水沾溼枕頭，我才入睡；我把失控，留在獨處的時間，讓自己歇斯底里。

怎麼，你離開我的那陣痛，這樣難捱的？

「我沒事。」是我說過最大的謊，說的時候，我淚著眼來微笑。

騙倒全世界，卻騙不到自己。

你在哪？

我好想你。

「我好想你，好想你，卻欺騙自己。」

PS. 如果妳覺得，想哭而無淚，今夜看完這篇文章，再聽蘇打綠的〈我好想你〉，偶爾，釋放自己的眼淚，回到學校或工作間，才能繼續痛著笑。

志明

「我覺得自己上高中過後，便沒有長大過。」

志明喜歡把乾冰放進馬桶裡，看著因化合作用而產生的白煙。從前，春嬌會陪他一起瘋，但現在的尚優優，會語帶厭棄：「很髒呢！」

志明繼續自顧的，沉醉在自己的世界。

一個男孩，願在女孩前幼稚，代表他願意信任她。

可是，如果她的回應是一盆冷水，恐怕，男孩日後都不會再幼稚了，對著她，男孩會百分百打起精神，不敢鬆懈，因為她所潑的冷水，會形成兩人之間的鴻溝，從此夾雜距離。

不會以為男孩不介意，其他人多大的冷嘲，他都不在意，但，妳一、兩句的熱諷，足夠刺痛他的心，刺，就這樣留在男孩的心裡。

對不起，因為那個人是妳。

「曾經我和你，錯過什麼，才要不停地說服自己，我快樂。」

志明重遇春嬌，不自覺地跟對方糾纏，每次春嬌想跟他認真討論大家的關係，他總是裝傻，或開玩笑輕輕帶過，春嬌對他說：「我被你影響得，連自己也不知道被影響，我變成另一個張志明。」

應該要哭崩的一句，而他，卻用裝傻的建議來破壞氣氛。「不如一起浸浴？」

春嬌受不了他的無聊，走開，然後，志明有點失落的垂下頭來。

妳說的話，我怎會不懂？妳所受的傷，我怎會不痛？

但，妳叫我怎麼樣才好？難道當妳訴說傷心處，我耐心聆聽，然後，由我來安慰妳？

但，令妳傷心的人，是我，我，怎能有安慰妳的資格？

唯有，以笑帶過，也以笑，遮蓋我對妳的內疚。

對不起，這個人渣，實在有負妳的愛。

「那個坦白的晚上，吻過的臉，帶著一個微笑，來到我身邊。」

始終都要來到這時刻，志明自知，給尚優優幸福的人，不會是他。而拖泥帶水的他，終於跟尚優優坦白。

優優語帶哀愁：「你如果一直忘不了她，你為什麼要和我在一起？」

「我以為我能夠忘記她，但那天見了她之後，所有的回憶又跑回來了。」志明內疚，「對不起。」

「我不想聽你說對不起，我不想讓你對不起我！」優優激動，「我，知道我做得不好。我哪不好，你可以告訴我，我可以改的。」

「不，妳很好，妳太好了。」

「我很好，」優優感到很諷刺，「所以你不要我？」

舊故事未完，卻匆匆展開下一幕，結果，兩部劇都不討好。

當初你想忘記，於是草率開始，但，開始了新的暖，不代表你能忘記舊的痛。

「一擁入懷，我才發現，原來我們的眼睛，哭出的聲音，蓋過兩人的戰爭跟和平。」

當新戀情的糖分用盡，甜，不能再麻醉你的痛，你會感受雙倍的痛楚，新情不暖，你，會更易記起舊的好。

優優做錯了什麼？沒有，她沒有做錯什麼，只能怨，原來愛情也有「先到先得」的時候。她早我出現，所以，你愛她更深，我認識你已一年嗎？但，她就跟你認識六年了，我怎追，也不會追得上。

愛情不同考試，不是妳取得高分，便注定能跟他幸福，他，最終可能選擇另一個她。妳會納悶，她有何能勝過我？人人給我的分數都比她高，我怎會輸給她？

抱歉，愛情，從來不能量化成分數，不管妳取得多高分，也留不住心不在的他。

妳得承認，他跟她在一起，或許更幸福。

錯不在妳，而是，他和她，真的好相襯，比妳跟他，更登對。

那麼我放手讓你走，可算是促成一件美事。

誰都沒有錯，錯，就錯在為何我會和你開始，害我從此少了個好朋友。

張志明，的確是一個人渣，因自私，而傷透其他人的心。

但，我們或許都曾如此人渣過，

「氾濫的愛情，吞沒了我的所有，除了你。」

PS. 張志明／余文樂的〈氾濫〉，即〈Drenched〉中文版，各有吸引力。

沉澱

聽到張智霖演繹的〈歲月如歌〉，舒服的編曲，溫柔的聲線，有另一種味道，就像是，Cool魔送給Holiday最後的祝福。

十對舊情人，九對相見而陌路，但顧夏陽與何年希，是第十對。他們分手後，都經歷過劇痛，但，沉澱過後，他們還能是好朋友。

愛過，而分開，再凝結回友誼，比結局時，駕駛那引擎損壞的客機著陸，難度更高。

如果，妳和分開了的他，仍能是好朋友，這是一種輕幸福，本來要失去的人，仍在身邊，妳會對他更好，甚至比在一起時更好。

為何這種好，會來得自然？因為妳對他好，是在彌補曾對他的傷害；他對妳好，是在內疚曾令妳受劇痛。

因痛而來的溫柔，夾雜內疚，淪為好朋友的舊情人，避開了分開後的遺憾。但重遇是用痛換來，不需一次繳清，但需分期將痛拉長來償還。

「愛上了，看見你，如何不懂謙卑，去講心中理想，不會俗氣。」

在夏陽失意的時候，年希送上鼓勵，拍拍自己的肩膀，示意他可以暫時軟弱。

當男孩需要女孩的肩頭時，是他累透的時刻，女孩在旁，會變成他的避風塘，任外邊風雨有多大，這刻都頓時寂靜了。

有人說，比較少見男孩流淚，其實，男孩只是沒公開地流淚而已。

在軟弱時，我仍然想找個肩膀來依靠。能在那個她面前，展示軟弱的自己，是基於對她的信任，她不需說什麼安慰，就這樣靜靜坐在身邊，已能讓我療傷。

「抱著你，我說過，如何一起高飛，這天只想帶走，還是你。」

夏陽面對聆訊，心情固然沉重，他問年希：「妳信不信我有違規？」

年希說了一句好觸動我的對白：「無論你有沒有違規，我都挺你。」

有沒有一個誰，無論妳遇到什麼事，就算妳做錯，都挺妳？

這個人，未必是妳的戀人，但，或比戀人更親密，他不是因責任而支持妳，而是因為那個人是妳，所以才支持妳。

就這樣當一輩子的摯友，互相支持，好嗎？

「給我體貼入微，但你手，如明日便要遠離，願你可以，留下共我曾愉快的憶記。」

分開了仍然在一起的妳和他，處於窩心、卻又危險的位置。

妳永遠不知道下一秒，他是否仍然在妳身邊。

當有一天，妳找到一輩子了，幸福之際，躲在人群裡的他，或想送上祝福，可是，他未必適合再於妳眼前出現，然後，悄悄被人潮掩蓋。

愛過，而沉澱的好朋友，愛，其實沒有消失，而是沉澱在心深處，一旦觸碰，我好怕，會重新愛上妳。

所以，在適當的時間退出，妳印象中的我，仍是暖暖的。

我們裝作好朋友的時間，總需要有終結。

終結過後，我和妳，才能是真正的好朋友。

告別，為了再重遇。

妳懂嗎？

「當世事再沒完美，可遠在歲月如歌中找你。」

PS.這篇作品，應是我最後一篇《衝上雲霄》了，希望下次再動筆，不需要等十年吧？

氧氣

一位因文字而認識的好朋友，近日，她終於從痛之中逃出來了。

她，和一個男孩，一起數年了。遇上他以後，女孩有不少改變，從前的她跟其他男生拍拖，會像公主般被寵，但對著現在的他，女孩卻百般遷就，沒辦法，女孩愛他，多過他愛女孩。

愛一個人，妳會沒有了自己。女孩開始明白，她本來是一個很需要依賴的女孩，但因工作忙碌的男孩，最討厭被依賴，故女孩訓練堅強、練習獨立，可憐是，就算是女孩的親人離世了，她也沒有在男孩面前大哭過，因為，她怕男孩會嫌她煩、怕男孩會不喜歡。

為了不讓男孩討厭，女孩只顧做他喜歡的她，卻沒有問過自己，這是自己想見到的自己嗎？

「好好分開應要淡忘，你找到你伴侶，重臨舊情景，我卻哭得出眼淚。」

女孩抑壓自己的感受，努力扮演男孩心目中喜歡的女孩，可是，有一天，男孩跟她說：「我不愛妳了。」

女孩的天空，頃刻烏雲密布，下起暴雨。她一時間不懂應對，因為，她的世界就是他，現在他不愛她了，也代表她的世界瞬間被毀掉。

然後，男孩又有點遲疑，於是為兩人提出了一個限期。「限期到，一是繼續，一是分開。」

男孩的提議，看似不忍女孩難受，讓雙方為彌留的戀情努力，可是這個提議，好殘忍，現在不夠努力的，是誰？

保持戀情的溫度，是雙方的責任，令對方的心繼續暖，才能讓戀情恆溫，但只要有一方放棄，心，再不因對方而跳動，戀情，可瞬間失溫而死。

「時常在聯想，你會溫馨的抱她午睡，然而自己現在沒任何權利，再抱怨一句。」

與其說是限期，倒不如說是倒數的死期，但女孩沒有放棄，在全世界也反對的情況下，她盡全力去挽留與男孩的愛。

可是，妳很愛他，不代表，他一樣的愛妳。

女孩只想著一件事，就是不要讓我失去你，就夠了。

女孩很傻，但為自己喜歡的人幹點傻事，一點也不傻。

可是，在女孩苦苦的努力下，男孩還是決定，違反自己所訂的限期，狠心離開了她。

女孩，終究失去了他。

「我再沒勇氣向你講舊時，沒有勇氣相愛另一次。」

那時候，有點擔心，女孩看似堅強，但這種強，是裝出來的，在男孩頭也不回的離開，女孩的打擊可想而知。

出乎意料，女孩並沒有因此而歇斯底里，反而，她好努力的把淚水留在昨天。本以為，男孩離開，會連帶她用來活命的氧氣也帶走，可是，沒事，女孩仍然生存。他走了，天空暗了一暗，但沒有把太陽拿走，當烏雲驅散後，陽光便穿越雲層，灑在女孩的臉上。

很多時候，我們不相信自己可以。當上天要賜妳這個考驗時，甚至不敢想像沒有他的將來，可是，沒有他，妳的將來一樣會來，只要願意相信，妳的將來一樣精采，或更精采，因為，妳沒有為這個不值得的人，而停下腳步。

後來，有一天，女孩不知在何處得知，原來男孩早已有別人，聽到這個消息時，女孩的心，一點痛的感覺也沒有，反而，是鬆了一口氣，她，終於把這個曾徹底愛的他，徹底的放下了。

女孩重新開始了，與舊的他告一段落，仍在害怕會缺氧的人，加油！

只有妳自己才知道，他，是不是用來活命的氧氣。

「雖則你難忘記，這戀愛遺物終需棄置，再好好過日子。」

心 軟

收到一位女孩的信，跟我分享了她的痛。

她與男孩拍拖，男孩轉換了工作環境，認識了很多新朋友，漸漸冷落女孩。蜜月時，緊密的聯絡，窩心的問候，隨著戀情冷卻而漸少。女孩開始慌，不停地找男孩，幾天也找不著，但女孩想放棄，不找他，男孩就會找她，女孩心軟，又再跟他一起，然後，男孩又失蹤。萬劫不復。

心軟，是因為妳對他的熱，能中和他對妳的冷，在妳每次想下決心離開時，他才會不經意的抓緊妳的手，多硬的心腸，都會在那一刻軟化。

但妳可有留意，他每次在最後關頭才抓緊妳的手，愈來愈鬆了。

戀情不會一下子結冰、冷卻，卻有跡可尋。

在妳心又軟時，他，可有想過，每次的心軟背後，都有淚，也有累。

心累了，我便沒有氣力再掛念你。

「就算再吻一次亦難避免，嘴邊只感受苦澀。」

累透了的女孩，下定決心離開，這時候，男孩又開始挽回，只是，女孩已記不起這是第幾次了，她再也受不了這種痛的循環，於是，女孩Unfriend了他的Facebook，block了他的電話，WhatsApp，連E-mail也block了，男孩徹底在女孩的世界消音。

男孩會納悶，為何她可以這樣絕情，可是，他從沒有想過，女孩的這份絕，是他一次又一次，濫用女孩對他的愛；一次又一次，以為他輕輕一個電話，便可以將過往數天冷戰時的冷落掃光；一次又一次，在女孩飽受冷待後，裝作什麼事也沒有的找女孩，再要求女孩裝作什麼事也沒有的對他笑。

夠了，好嗎？

「遺憾是愈努力抓緊這碎片，愈難令它重現。」

每次的心軟，心總存僥倖。「這是最後一次了。」

但往往是最後了，然後又最後一次。

而這種循環，會愈來愈短，直至戀情結束，當妳捱過分開了的痛之後，回頭看看，妳不得不佩服自己耐痛的能力。

那段日子是怎樣捱過的？不重要了，重要的是，妳會發現，不在循環中的妳，才能看得清楚。原來，過去的妳，不斷在痛的旋轉門裡打轉，令妳離不開這旋轉門的原因，是因為妳以為自己可以步入酒店大堂，卻不知道，自己根本沒有向前走，原地在轉。

「就算再說一世的經典，這種感覺仍可改變。」

女孩在信末告訴我，她和男孩分開數個月了，她從沒想過，自己可以離開那深愛的他，但，她還是離開了，對男孩的心，沒有再軟了。

不再心軟，不代表不愛，而是，與其讓痛凌遲處死這份愛，倒不如在我仍然愛你、而你已不太愛我的時候，親自劃上句號。起碼，日後回想這份愛時，仍是暖的畫面，而不是恨的片段。

如果，你是常要人心軟的那一方，請謹記，為你而心軟的人，是很愛你的人，就是因為很愛你，所以才會在傷痕累累後，放手，讓你往更幸福的地方飛去。

請不要怪她放開手，要怪，就怪當天先鬆開手的自己。

「請不要再悼念從前，講分手不必講再見。」

PS. 我欣賞的Dear Jane[8]〈無可避免〉。

*8 Dear Jane是香港樂團，由主唱黃天翱（Tim Wong）、吉他手翁厚樑（Howie Yung）、低音吉他手伍漢邦（Jackal Ng）和鼓手黎俊華（Nice）所組成。「Dear Jane」的名字來源，是「Dear John letter」的男子版（即在一段關係中，女方寄給男方的絕情信）。從樂隊名顯示其作品是以男性角度為主。

自尊心

「世上最骯髒的，莫過於自尊心。」是法國女作家瑪格麗特・尤瑟娜（Marguerite Yourcenar）的一句名言。

妳試過為某個人，拋掉所謂最骯髒的自尊心嗎？

電影《失戀33天》中，女孩與她的男友拍拖七年，視他為結婚對象，可是，男友卻與自己最好的朋友暗中來往，結果，女孩要面對失戀帶來的衝擊。

失戀是什麼？是陽光明明普照，但妳看到的世界，卻通通灰暗。

「還要生活，別再三失眠，如常熱情工作，應該慶祝衷心許個願。」

身體明明很疲倦，倒在床上，不想睡，卻想他。在精神疲倦得不能支撐後，人就像被拔掉電源的強制關機，可是在夢中，又見到他，不知是哪年哪月的畫面。醒來後，枕邊全是淚。

如果一覺醒來，能回到如夢中熱戀的時光，多好。

儘管心在劇痛、氣不能呼，但妳卻要裝作沒事，照常工作。公司的時鐘，不會因妳的痛而緩慢下來；堆積的工作，不會因妳的淚而通通消失。

妳的內心，痛得如何天翻地覆也好，但，地球會如常的轉動，晝夜會依舊的交替。

世界，甚至不會為妳而停留一秒鐘。

妳又何必讓這種痛，浪費妳更多的時間？

如何在劇痛中走出來，是妳成長中必修的一堂課。

走出來，又能成長一點。

「隨便你走，仍能愉快的生存，修補我裂痕，給我活過找個起點。」

每段錯失的戀愛，問題藏在過程裡，答案也藏在問題中。

只是，在剛失戀的那段天昏地暗，妳根本不能分析當中的因與果，妳可能會開始有點瘋，可能會崩潰的落淚，甚至可以把自尊心通通都棄掉，為的，是留住那個正走遠的他。

妳已經把可以做的，通通都做了，但他，仍然是頭也不回，甚至以厭棄的目光，看著妳如何為他歇斯底里，站在原地的他不為所動。這樣的他，還是妳熟悉的他嗎？

他，值得妳如此把受傷的心臟拿出來，然後，當著着他面前，親手一刀一刀的宰割，給自己一次又一次的傷害？

當他身邊有另一個她，妳怎搖，也不能把他搖醒，因為，新戀情為他帶來的鮮甜，會把一切都遮蓋。

包括妳為他受的苦、捱的痛。

分開後的戀人，從熟悉變得陌生，好像，我從來沒有認識過你一樣。

你是誰？

「年紀太小，人人受過傷無可避免。」

電影中的女孩，替最骯髒的自尊心下了這樣的解讀：「此刻我突然意識到，即使骯髒，餘下的一生，我也需要這自尊心的如影相隨。」

當妳試過徹底的拋棄自尊心，把傷口展露在空氣中，然後被他狠狠的傷害以後，妳便會明白，自尊心，是一個人最基本的保護網。

然後，在下一段戀愛，更難叫妳放開自尊心。在這個保護網下，妳愛得舒服，卻不會再愛得那麼深。為何戀愛一次會比一次慢熱，是因為，妳在上一段戀愛，學懂如何疼自己一點，包括，如何挽回屬於妳的自尊心。

妳，學會了嗎？

「明日我便能振作，成熟半點。」

等你

曾以為，我會一直為你等下去。

失去你，我像突然遇上海難。

墮進海中，幾經掙扎，好不容易才能浮上水面吸一口氣，在船上的你，仍然在我的視線裡。拾回性命的我，開始向著你的方向游，可是過了一段時間後，我發現，根本沒有游近你。

我每向你游一分，你便離我多一吋，我拚命游，只能勉強保持你仍在我的視線範圍而已。

怎麼你，看見我在遇溺，卻不為所動？

我心好痛。痛，不是你不來救我；痛，是你可以如此忍心。

「又來到這個港口，沒有原因的拘留，我的心乘著斑駁的輕舟，尋找失落的沙洲。」

自問不是一個有耐性的人，卻能對他有無窮的耐性。

妳願意去等，但介意沒盡頭的等，他可知道，在妳等他的時候，吸一口氣也重。這段漫長等待的時光並不好受，他成為了壓在妳心頭的一塊石，妳想避開掛念他，可是，心一靜，又想起他了。

可悲的是，他永遠不知道妳等他的時候有多苦。

他甚至沒有要求過妳為他等，好像在說，妳等他，是妳自找的煩惱。

那我是不是很傻？等一個沒有約定我的人，那麼，我是在浪費自己的時間來自討苦吃？

我應該要拂袖而去，但，怎麼我仍然停留在原位？

「我不是一定要你回來，只是當又一個人看海，回頭才發現你不在，留下我迂迴的徘徊。」

不敢再去往日只和他去的地方，可是，根本避不過。跟他的回憶，根本就散落在四周。這些感覺，形成了一個個大大小小的氣泡，飄浮在這個城市的每一處。

這些氣泡，透明的，稍不留神，便踏進去了。然後，我又呆站在原地，憶起我曾在這裡和你牽手、和你親近、和你甜蜜，你，就像忽然又在我身邊。

直到身旁的朋友喚我的名字，氣泡被刺破，才回過神來，再看看四周，你，根本不在。

對，我記起了，你早就不在我的身邊了。

「我不是一定要你回來，只是當又一個人看海，疲憊的身影不是我，不是你想看見的我。」

其實，我不期待你會回來了。

放開你是解脫的道理，我清楚；朋友勸我離開的意思，我明白。只是，我還是未能接受，或，我根本不敢面對你已經離開了我的現實。

我，愈漂越愈遠，在海中心，逐漸遠離我的你，已經成為我視線裡的一個小黑點。

只要，我不再向你的方向踢水，你，就會消失於我眼前了。

曾以為，我會一直為你等下去。

是真的，我曾經以為我會用一輩子去等你。

但，我決定了。

我不再等你了。

決定等你，讓我嘗到徹心的苦；決定不等你，令我哭出瀕傷的淚。

請體諒我，我是無可奈何下得決定，我的將來，並不是你，在等你的歲月裡，我頓悟了。

從今起，你不再怕我等你，你，儘管去找屬於你的將來。

親愛的，我不再等你了。

但，在回憶中，我仍然在愛著你。

「除了你之外的空白，還有誰能來教我愛。」

決心

明明就要走，但，我還是在踱步。

我就像拿著號碼牌，等了很久，但仍然未見有人喚我，我想離開，才走了兩步，又走回來，我怕，就在我剛離開時，你，就喚我了。

然後，我又回到原位，再倒數下一次步離的時間。

為什麼，你總不能對我狠心一點？我寧願你面目猙獰的罵我、尖酸刻薄的傷我，都不想，你繼續溫柔的對我。

你對我溫柔，比痛罵我，更痛。

因為，你連我憎你的理由也搶走。

「為了他，令你哭，為你哭，令我哭，為你很顧慮，能為你跟他一對，潑過無盡冷水。」

你早應該對我下逐客令，為何，仍給我跟你連繫的機會？

我每次找你，你都回應；我每次約你，你都赴約。明明，彼此的關係早已不同，但仍然對我溫柔的你，更叫我分不清，我們已經分開了，還是在一起？

我們明明就分開了，怎麼，我們還好像在一起？

我的理性告訴我：「要離開你了。」可是，身體卻離不開你。

在這樣的若即若離，令我開始有點精神分裂。

一個想遠走的我，一個想靠近的我。

然後，兩個我，在我的內心激烈交戰，正當不能分出勝負之際，你一個來電，又把另一個我瞬間擊潰。

然後，我繼續與你，保持著虛弱而不實在的關係。

「為愛他，為掛他，為怨他，為了他習慣受罪，如今他走了請不要追，舊情注定丟淡，問題不止一晚，命途總可以揀。」

與你在一起，我好開心，是真正的開心，可是，每次約會後，我會不安，分手不分開的關係，可以維持到何時？

這種不安，猶如倒轉的沙漏，沙粒總會累積至某個程度，然後，我又下決定離開你了。

「又」下決定，那麼，這還是決定嗎？

每次，當我想結束這關係時，阻止我離開的，不是你，是我自己。

儘管我勉強自己的腳步走遠，又如何？繞了一個圈，我還是回來了。

到底，我怎樣才可以離開你？

「為何他會離開你，誰叫你變了他知己，常纏在一起會換來危機，他找你不找你，你竟幼稚到講道理。」

離開，是一個不容易的動作，不是你下決定，就能成功的事情。

下了決定，還要下決心。

而這份決心，需要不斷受傷，才能鍛鍊回來。

如果有一天，你受的傷夠了，你便會自然得到這份能力，也能有這份離開他的決心。

這一刻，你還未能走得開，是不是，你受的傷還不夠？

不，你看看你自己，夠傷了，夠痛了。

你只顧看著他，不要忘了，你，還有你自己。

離開他，學懂再疼自己一點。

下決心，讓自己再長大一點。

你，下了決心沒有？

「男人總輕視你寸步難離，原來擁吻如不放錯在你。」

害我

和女孩分開，他能冷靜判斷，還能安慰自己：「她，會過得更好的。」

好風涼的笑話。

他能保持冷靜，不是代表他很理性，這只代表，他沒有女孩那麼愛對方。在她失控、哭瘋、歇斯底里的時候，而他，僅流了一滴眼淚，便覺得對自己的良心有所交代。

不是要量化他和女孩，誰比較傷心，而是想告訴他，深深傷害了對方的人，別把自己看得那麼清高。

他有千百種說法可以安慰自己，他，已經盡力不傷害她了。

可是，他這種想法，已經是對她一個極大的傷害。

別為分開找藉口，他讓自己站在舒服的位置，不代表於心無愧。

我寧願他坦白承認對女孩的傷害，也不想看著他滿口道理，分析為什麼要跟她分開。

說到底，「你愛你自己，多於愛她」罷了。

怎麼？說中了吧？

「沒有說過，第一個是你，但我最怕，下一個是你，但這秒，我正式得不到你。」

他以為妳的傷害可以估計，誰不知，妳的傷痛，早已超出他的想像，在他看不見妳的時候，並不如他想像中如常工作、社交、生活。

而是，妳除了要面對失去他，還要獨自面對崩潰了的工作、社交、生活。

他以為妳沒事嗎？不，只是，妳有事的時候，他不在妳身邊而已。

而他，天真的以為，看不見的痛，便不存在。

拜託，他不是小孩，怎會無知得以為妳失去他，還能運作如常？

「其實，犯過了錯誤先碰著你，自信我會懂，怎去愛你，盼望，最喜歡那個，是最後。」

你可以保持笑容，而她在哭，不是她較你懦弱，而是她比你重情。

既然你如此無情，就請別再風涼的裝深情。

就算全世界都認為你無心害人，但，你的確害了一個曾徹底愛你的她。

你能做的事，不是欺騙自己來哄回她，而是，從今後，別胡亂再害人。

如果不是認真的，請別胡亂再開始；如果，是認真的，風多大也吹不散，又怎會是現在一臉悠然的你？

別為了不內疚，而合理化你撇棄她的決定。

誰曾害過人，你最清楚不過。

「走，我沒有阻止理由，早已知道，能與你挽手，都會分手，但最後，若我點算過去男友，隊伍中，有你來過就夠。」

有一天，你或許發現，她沒有再為你哭了。

偶爾碰上，她的臉，依舊漂亮，可是，卻沒有再為你皺一下眉頭。

這個曾經為你哭崩的女孩，在你面前，忽然變得陌生。

然後，她就這樣與你擦肩，半步也沒停留，這時候，你倒納悶起來。

怎麼，她真的能把我忘記得一乾二淨？

這當然吧！

你當天撇棄她的時候，她已經把未來數年的淚水都哭乾了，在你看不見的時候，她獨自克服、穿越、成長，和，忘記你。

她下決心忘記你，這並不是開玩笑，哪有人會拿自己的崩潰來跟你開玩笑？

她能做到今天的平靜似水，背後是用你看不到的痛換來的。

她長大了。

而你，卻繼續幼稚。

「或者我，驀然回首，旅途愉快過就夠，若果你，熱情溜走，有誰能說我未夠。

第一

收到女孩的信，她說，終於明白心痛的感覺。

她和男孩開始了兩個月，然後，男孩就去了外國讀書，一去，便是七年的光陰。期間，有甜有苦，有笑有淚，有暖有痛，有窩心，有掏空，女孩和他，都捱得過。

這可是女孩的第一段戀愛，多難捱，她也希望能守得雲開。

男孩終於學成歸來，女孩欣喜若狂，正當以為異地戀可結束之際，才發現，結束的，是她和他的戀情。

原來，最大挑戰的，不是分隔，而是重遇。

「如果，一手鋸開枯樹，木不會發現痛，不過，日日澆水的我，覺得被挖空。」

想見，而不能見，好苦。

這時候，妳會期待，也幻想相遇時的畫面，甜蜜感，如捲棉花糖一樣，愈捲愈大，可是，當真能嘗的時候，卻發現，幾口，便吃完了。

隔著電話和屏幕，能相處甜蜜，不代表相見共聚時，亦能持續糖分。

我期待重遇，也害怕重遇。

我怕重遇的，不是昨天的你。

「如果，必須結束關係，難扮成從未栽種，讓我數著年輪，這些年輪，我的心會痛。」

敵得過七年的異地分隔，卻敵不過重遇後的磨合相處。

女孩自問有錯，錯在對他不夠好，也曾口出惡言來要脅他，現在知錯了，但你可曾體諒我？我怕失去你，所以想留住你，可是留住你的過程，卻在加速你的離開。

我用錯了方法，可不可以再來一次，讓我用對的方法留住你嗎？

我等了很久才能見到你，為什麼我能捱到這一刻，是因為我一直在期待。這份期待，成為了我的養分，在等待你的過程，麻醉我的痛楚。

多辛苦也好，我跟自己說：「只要捱得過，便是彩虹。」

「分開簡單，抹去往事極難，幾多溫馨，燭光晚餐，難以用斧頭一劈，叫畫面飛散，伴侶沒了，記憶會為患。」

第一次拍拖，第一次被分手，男孩送她的最後禮物，是封鎖，封鎖一切可以封鎖的，用絕情，去斷絕這七年的感情。

第一次，最痛。

因為，在這之前，我根本不知道什麼是痛，從前以為的痛，原來一點也不痛，你離開我，讓我重新認識痛這個字。

我的第一次暖，是你給我的；我的第一次痛，也是你給我的。

你，是第一個，令我痛暖交集、哭笑不得的人。

也是，在我心裡排第一的人。

多謝你這位第一，豐富了我生命裡不少的第一。

現在，我會學習一件事。

第一次，放開一個人。

「倚星細語，抱月夜談，歷歷在目，錄下年鑑，來年樹倒身影孤煙花散，年輪未可推翻，化不淡。」

六百天

一位女孩，分享了一個六百天的故事。

某一年，十二月的第一天，女孩遇上了他，也一瞬間愛上了他。男孩當然不知道，而女孩，也偷偷營造與他之間的緣分。

女孩刻意乘坐他上班的班次，希望假裝不經意的偶遇，機會很小，但女孩保持這個習慣，試了多遍也遇不上，女孩有點氣餒之時，命運又刻意安排他們遇上。

「真巧呢，妳在附近上班嗎？」男孩笑。

「哦，也算是吧，剛好經過附近。」女孩裝作平淡。

因這個偶遇，他們交換了電話，後來，男孩開始約會她，她高興得像個小孩般手舞足蹈，然後，她和他漸漸走近。

與朋友有約，如果男孩約她，她會立即推掉其他；他約會遲到，女孩會說自己也遲到，但明明自己早到半小時；那天工作很累，但約會時會裝很精神，多累也說不累。

偷偷量度他鞋子的尺寸，走遍街角找合襯他的鞋；留意他穿衣的size，待冬天送他最暖的圍巾和外套；跟他看過的電影，戲票都整齊貼在他送的日記本，珍藏著每次與他在戲院裡的回憶。

這些細微，他並不知道，無所謂，我不是想你知道，我只是想你開心而已。

「圍繞身邊已六百天，你喜歡過我六十秒嗎？」

第一次收到他Relationship Status的邀請電郵，女孩開心得拍下來，記錄他終於承認自己的位置。那段時光，是女孩和他最暖的回憶。

像一般情侶，他們度過蜜月的階段，可是，甜蜜總會退溫。殘忍的是，兩人退溫的時間，往往不一致，女孩仍然好愛好愛他，但，他已漸漸進入恆溫期。

她有多掛念男孩？可以是當他不在身邊時，女孩曾穿上他遺留在她處的外衣，她感覺到他的氣息，才能在漆黑的房間裡，讓自己不至於墮入寂寞的深淵。

可是，是不是我的觸覺太敏銳？我感覺到，你開始想離我而去了。

「還期望知道這段相處裡，被我暗戀得快樂嗎？」

他讚賞其他女生，於是她刻意提起其他男生，我當然不是喜歡上其他人，而是刻意氣你，希望你也能感受我的醋意。

我愈來愈容易吃你的醋，也代表我愈來愈喜歡你。

女孩愈來愈愛他，愛得，沒有了自己，會因他一、兩句的話而受傷，會因他不經意的冷漠而感痛，直到女孩察覺愛得太深時，已經太遲了。

所有的情緒，都因他而起、而波動、而平息，我會因什麼而開心，是你呀！我會因什麼而傷心，也是你呀！

我的笑和哭都因你，可是，淚水漸多，笑容漸少。

然後，我像愛出憂鬱症。

「如果喜歡你是笑話，儘管高聲笑也不怕，旁人話總會有日等到你，恨我這麼蠢，聽不出是句反話。」

女孩與他，步入最惡劣的階段。

眼看戀情在退溫，女孩像瘋了的想補救，這就像受了嚴重的刀傷，傷口血如泉湧，妳用紗布急忙按在傷口，但失血迅速，令白色的紗布全染紅。妳用盡了方法，卻不能替這傷口止血。

就這樣，眼睜睜的看著戀情死亡。

妳已經盡了力，請不要怪自己，誰都不想這戀情失血，但，傷口實在太大了，不是急救便能挽回這戀情的性命，要怪，就怪出現傷害的第一秒。

六百多天，女孩和男孩分開了。

女孩曾經憧憬童話般的愛情，好希望成為他憐愛的公主，可是，王子不要公主了，他走了，剩下獨留在城堡裡孤獨的她。

童話不是破滅了，而是，妳已經不是孩子了。

感情的傷痛，能令妳一夜長大，捱過痛楚後，這六百天，會成為妳生命的養分，令妳更懂得找下個更好的王子。

不要再留戀這段痛，好嗎？

圍繞身邊已六百天，你喜歡過我六十秒嗎？

「而你默然，還要問嗎？」

PS. 收到這女孩的來信，她用了數千字訴說自己的苦，也不介意我沒回覆她，就在今夜，我嘗試代入她，總結這六百天。她好想告訴那個男孩：「我仍然好愛你，但，我會安靜的，在你的世界消失，然後，我會好好的找真正的幸福，只是，我仍然奢望，你偶爾會想起我。」

路口

可以做的，我全都做過了。

但，你還是要走。

從前，聽見我哭聲，你會心軟；看見我淚流，你會用指尖替我擦。

但，我這刻的眼淚，好像已不能再觸動你。

我哭著，求你不要走，你一臉冷漠，我哭到身體也在抖，但，只換來你語帶厭棄的一句：

「妳不要這樣子，好不好？」

我不要這樣子？對呀，我也不想這樣。我曾以為，度過了十八歲生日的我，眼淚不會再輕易掉下來。

可是，怎麼我現在哭得像個小孩？

不，應該更慘，童年時跌得最痛的那次，都不及你贈我的痛；整個童年的淚總和，也不及我為你哭數天。

可是，你不再因我為你哭而心痛，你只覺得，我的淚水，是你的負擔，沒辦法，你視我為負累，那麼，我做什麼，都在生你厭。

「你不喜歡我什麼？我改，我通通都願改。」我哽咽，吐出這一句。

你告訴我好嗎？我怎樣做，你才不會走？

你苦澀地把線線移開，像不敢正視我。「問題根本不在這裡。」

「那問題在那裡？」女孩激動，「你告訴我好嗎？」

「問題是，」男孩回話，「我已經不再愛你了。」

一句話，把女孩推進深淵。什麼問題，都有解決方法，唯獨「你不愛我」，本身就是答案。

「明明綠燈，轉眼變成紅燈，假使相當勇敢，怎可挽回自身。」

你受不了對峙的氣氛，於是找了個藉口說再見。「我們冷靜一下，過兩天再聯絡。」

再聯絡嗎？別騙我了，這句「再見」之後，你便不想再見我了，你恨不得我立即就消失，別再煩你，別再不停的纏繞你，別再一次又一次加重你的內疚感。

說到底，你不愛我，我再多說愛你，又有何用？

沒錯，你不再接我的電話，無視我的WhatsApp，我有點慌亂，你愈不回我，我愈要找你；你愈不覆我，我愈找得你瘋。

「撥出電話」的紀錄，全是你的電話號碼，但全部都是紅色；你WhatsApp的訊息版，被訊息雲填滿了，但全部都是綠色。

這紅色，和這綠色，就像我和你之間的紅綠燈，只是，紅燈，我不准前行；綠燈，是車繼續走，我根本不能橫過這馬路，就像，你根本不再讓我走近你。

「若要衝，損傷怎可以不留痕，來又去，要找的際遇未接近。」

苦纏他十數天，女孩，開始倦了。

電話沒那麼多，WhatsApp沒那麼密，始終，單向的找一個人，而對方不再回覆妳，這根本不是在找你，是在找煩惱。

直到有一個清早，妳睡醒，張開眼睛，第一件浮現在腦海的人，不再是這男孩。這是個好消息，因為，妳開始懂走開了。

妳沒有強行橫過馬路，而是沿人行道往前走，直到下一個街口，找到下一個斑馬線，妳安全的到達彼岸，走近屬於妳的幸福。

只要妳願意起步走，總會找到下一個斑馬線，妳又何必冒著生命危險，強衝他設下的障礙？

妳還站在原地嗎？

給自己一個機會，好嗎？

說不定，妳的幸福，就在下一個路口。

「逐秒等，心急總加倍的難行，難道我，要必先壯烈地犧牲，去換吻。」

高寶書版集團
gobooks.com.tw

高寶文學 001
愛你，若只如初見
作　　者　鄺俊宇
編　　輯　林俶萍
校　　對　李思佳、林俶萍
封面設計　蔡南昇
排　　版　趙小芳
企　　畫　陳宏瑄

發 行 人　朱凱蕾
出　　版　英屬維京群島商高寶國際有限公司台灣分公司
Global Group Holdings, Ltd.
地　　址　台北市內湖區洲子街88號3樓
網　　址　gobooks.com.tw
電　　話　(02) 27992788
電　　郵　readers@gobooks.com.tw（讀者服務部）
pr@gobooks.com.tw（公關諮詢部）
傳　　真　出版部　(02) 27990909　行銷部 (02) 27993088
郵政劃撥　19394552
戶　　名　英屬維京群島商高寶國際有限公司台灣分公司
發　　行　希代多媒體書版股份有限公司/Printed in Taiwan
初版日期　2015年7月

國家圖書館出版品預行編目(CIP)資料

愛你，若只如初見／鄺俊宇著. -- 初版. --
臺北市：高寶國際出版：
希代多媒體發行, 2015.07
面；　公分. -- (高寶文學：001)

ISBN 978-986-361-177-6(平裝)

830.3857　　104010267

GOBOOKS
& SITAK
GROUP©